SHY NOVELS

世界の半分

かわい有美子

イラスト 葛西リカコ

CONTENTS

世界の半分

一章

誰が言いだしたのかは知らないが、イシュハラーンの都には世界の半分があるという。

イシュハラーンには、世界の半分に匹敵するほどの人と富とが集まっているという意味らしい。

イシュハラーンは、古くから陸と海の交通の要衝《ようしょう》となる街だった。海峡に面した美しく輝く街は、支配する国が変われど、千三百年以上の昔から続いてきた古都であり、繊細な外観よりもはるかに堅牢な要塞都市でもあった。

その都の中でも、半島の先端に位置する壮麗なイシュハラーン城の一角に、美しい月宮《ディライ》はある。

イシュハラーン城の中ではもっとも奥部にあるこの宮は、他の宮と比べるとかなりこぢんまりとした小規模な宮だった。

残念なことに海峡に接した場所にありながら、広大な敷地の最奥部にあるディライ宮からは海を眺めることはできない。

しかし、白い大理石と青いタイルとでできたその小さな宮の真ん中には緑の植わった庭があり、ささやかながらもやさしい音を立てて上がる小さな噴水があって、常に涼しげな水の音《ね》が聞こえていた。

空にかかった月が、青く美しい夜だった。

女達が笑いさざめき、楽器を爪弾く音が後宮《ハレム》から風に乗ってかすかに聞こえてくる他は、しんと静かな宮にはせせらぎにも似た噴水の音が聞こえるだけだった。

それはこの宮に暮らす第三皇子《おうじ》のエルヴァンが、八歳にしてここに住まうようになって以来、夜になるとずっと慣れ親しんだ静寂でもある。

庭に向かって大きく開け放たれた窓の上で飾りランプがゆるい光を放つほか、部屋には大きな燭台が二つ灯《とも》っているだけだった。それでも、白い大理石とタイルで造られた宮の壁は青い月の光を照り返し、部屋の中はずいぶん明るかった。

エルヴァンは眠りにつく前、いつもそうしてきたように、裾《すそ》の長い飾り気のない綿のシャツとゆったりしたパンツに身を包み、長椅子の上に身を横たえていた。

歳は二十四歳、黒に近い濃い髪色と、緑の瞳を持つ皇子の名前には、色《エルヴァン》という意味合いがある。男女共に通じるその名をつけたのはエルヴァンの母親だったが、生まれたエルヴァンの緑の瞳を見た時、その瞳の深い緑の美しさが気に入り、「色」と名づけたのだと聞いたことがある。そう名づけた母親自身も、深い緑色の瞳を持っていた。

長椅子に横たわるエルヴァンの前の小さな円卓には果物が盛られた皿と酒器、そして膝《ひざ》の上には書物があった。

その静寂の中、澄んだ鈴の音が遠くに響き、エルヴァンは顔を上げた。

軽やかな鈴の音は幾重にも重なりながら、回廊をまがり、中庭に面したエルヴァンの寝室へとやってくる。

エルヴァンは青い月の光が窓から入り込む部屋の中、鈴の音に加え、細やかな装身具の触れあう音、仄《ほの》かな衣擦《きぬず》れが聞こえてくるのに耳を傾けた。

知らず、エルヴァンは身体を預けていたクッションから身を起こす。

この小さな宮では、夜のおとない人のためにわざわざ扉を開ける宦官《かんがん》や小姓《こしょう》の姿がない。

おとない人はいつものように、自分でそっと飾り格子のはまった扉を開け、青い薄闇の中を進んできた。

仄暗い部屋の中、天井からさがった薄絹の向こうに、すらりと背の高い美姫が姿を現す。

たおやかな佳人は、大きく首許のくった裾の長いガウンに、四肢の長い、ほっそりと薄い身体を包んでいる。

ゆるやかな足取りで歩を進めるたび、襟許《えりもと》から丸い裾にかけて、金糸で細かな刺繍《ししゅう》が施された淡い空色の絹のガウンが揺れ、透いた薄手のハレムパンツの下、足首に巻かれた銀の鈴の輪が澄んだ軽やかな音を立てる。

出会った時には、腰まであったくせのない豊かな金の髪は四本の三つ編みにされていた。今は胸許を少し過ぎるほどの長さに揃えられた髪はイシュハラーンの後宮《ハレム》風にすべて解《ほど》かれ、一部は細く巧みに編み込まれて、小さな水晶がいくつも飾られている。首には淡水真珠をあしらった銀色の首飾りが巻かれ、その細い首の優美さを引きたてていた。

深みのある青い切れ長の目許以外、顔はベールで慎み深く隠されているが、ベールの陰にも鼻筋の細く通ったその繊細な面立ちは見てとれる。

すんなりと長い指には、青紫がかった瞳によく似た色の宝石のはまった指輪がある。どうやら母親から譲られた、価値と思い出のあるものらしい。ずいぶん大事にしているようだとわかる。

佳人はエルヴァンの国の中でも最東端にある、カフカス地方出身の姫だった。

カフカス地方は、金髪碧眼《へきがん》ですらりと背が高く、肌は峰《みね》の雪のような白、四肢は長くしなやかな柳のようともたとえられる美女が多く出ることで有名だった。

現れた姫はその美女の条件をすべて兼ね備えた、まさにこの宮の名前、美しい月《ディライ》にふさわしい月の光の精のような容姿の持ち主だった。

エルヴァンが初めて会った時には、この姫の国の嗜《たしな》みで輝く美しい青い目すら、ベールの陰に隠されていた。しかしそれでも、姫の抜きんでた容姿は、立ち姿、その佇《たたず》まいからも見てとれた。

アイラという名を持つ姫は国にいた頃、『シルカシアの宝石』とも呼ばれていたのだという。母親譲りの美貌は近隣国にまで知られており、サッファビーアの兵士らの中にも『シルカシアの宝石』と呼ばれる姫の存在を知る者が何人もいた。

エルヴァンの兄皇子二人はそのベールを強引に取らせたが、その後、しばらくは目の前の姫の美貌に声もなく見入っていた。エルヴァンよりも長く、子供の頃より後宮《ハレム》の寵姫《ちょうき》らの顔をよく見知った兄達にとっても、やはりしばし声を失うほどの美しさだったのだろう。

エルヴァンに姫を下げ渡してのち、この姫の唯一の難は女にしては背が高すぎることだと、第一皇子のラヒムは忌々《いまいま》しげに言った。

確かにそれ以外の難らしい難は見あたらなかったし、カフカスの民は男女含めて平均的に背が高い。この姫が、異様なまでに背が高いというわけではなかった。

姫はエルヴァンが身を起こした長椅子の前までやってくると、左手を胸許に、右手をゆるやかに広げ、女性らしい仕種《しぐさ》で優雅に腰を折ってみせた。

肘《ひじ》まで深く切り込みの入った長い袖《そで》が揺れると、ふわりとエルヴァンの贈った香《こう》が薫《かお》る。

「今宵もエルヴァン皇子には、ご機嫌麗しく…」

見た目よりも低い、それでも十分なやわらかさとなめらかさのある声が、ベールの陰でくぐもって聞こえる。

青い瞳に絶妙な濃淡を与える、半ば伏せられた長い睫《まつげ》毛が上がり、エルヴァンと目が合う。

目許に濃い化粧を施している女達が多いハレムだが、カフカス地方の人間は東欧やさらに東の遊牧民らの血が混じっているせいだろう。姫の切れ長の青い瞳はアーモンド型で、濃いラインを引かずとも十分に神秘的だった。眼差しに媚《こび》はないのに、怖いぐらいに蠱惑的《こわくてき》に見える。

青い目はエルヴァンをしばし見つめたのち、また伏せられた。

神秘的な瞳の奥で、いつもいったい何を思っているのかとエルヴァンは考える。

生まれ育った国をエルヴァンによって滅ぼされた、八歳ほど歳下のこの佳人は…。

ハレムにいる女達は、ほとんどが親や主人によって売られた、あるいは無理に拉致《らち》され、連れてこられた女奴隷《おんなどれい》、ないしは人質代わりに差し出されたサッファビーアの支配下にある国の王族、貴族の姫だ。必ずしも、国を失ったこの姫の身の上が珍しいわけではない。

エルヴァンの母親ですら、そうだった。今は亡き国の貴族の娘だ。

「アイラ姫にも。ここでの暮らしに不足はないだろうか？」

エルヴァンがねぎらい、いつものように着席を勧めると、姫はわずかにベールの陰で表情をやわらげたようだった。

「ありがとう存じます、満足しております」

内心ではどう思っているのかは知らないが、姫は礼を述べると、ふわりとガウンの裾を広げて座った。

若干、カフカス地方の訛《なま》りはあるが、会った時からサッファビーアの公用語であるテュルク語を流暢《りゅうちょう》に話していた。会話だけでなく、テュルク語での読み書きもできるようで、小国出身ながら教養の高さが窺《うかが》える。

姫は中に綿を詰めた厚手の敷物の上に、薄絹越しにもすんなりした長い脚をゆるやかに横に流して優雅な仕種で控える。

姫はベールの陰で視線を動かし、エルヴァンを見上げてきた。

「今宵も昨夜の話の続きをいたしましょうか？」

初めて顔を合わせた時にはほとんど声を発することのなかった姫は、抑えた口調ながらも、かなり自分から言葉を発するようになっていた。

曰《いわ》くあって、エルヴァンのものとされた姫は、この宮に来てから夜伽《よとぎ》についての不思議な条件をいくつか挙げた。

伽に上げられた女の申し出として、そして征服された国の囚われの女奴隷としてはずいぶん自分本位なものといえたが、姿形が美しいだけでなく、姫自身、非常に聡明なこともその申し出からは見てとれた。

この宮と自分の行く末を知っており、そんな姫の身の上を哀れんだエルヴァンは、姫の身勝手ともいえる申し出を呑んでやった。

確かに面白いことを言いだす姫だとは思ったものの、この姫がエルヴァンに与えられた以上、この小さな宮から自由に出られるわけでもない。

国を失い、女奴隷として敵国の皇子の妾《めかけ》とされた姫の身に同情こそあるものの、是が非でも己《おのれ》のものにしたい、早急に手折《たお》りたいと焦《あせ》る必要など、どこにもなかった。

逆に今は、この夜毎の姫との語らいを楽しみにすらしている。

ただ一つの疑念はあるが…。

エルヴァンは尋ねた。

「姫の話はこれまで非常に面白く聞いたが、姫は舞はよくするのか？」

エルヴァンの伽にあたり、昼はハレムに赴《おもむ》いて閨中《けいちゅう》の秘技や作法、詩、舞、音曲などの一通りの指南を受けている姫は、ゆるやかに眼差しを上げる。

「この城の後宮の女性達のような、巧みな舞はとても舞えませんが…」

後宮ならではの作法や歌謡音曲の技をひと通りとはいえ、姫がこのイシュハラーンにやってきてひと月ほど、指南を受けるようになった期間はまだ二十日を超えたばかりだ。

その短い期間であのハレムの女達が見せる、リズムに乗って全身を丸くゆったりと官能的に、時には情熱的に激しく動かす踊りを会得するのはとても無理な話だ。

あの踊りの妙手達は、それこそ何年もかけて、早い者は初潮も迎えぬ子供の頃から踊りを専門に教えられてきている。一朝一夕《いっちょういっせき》に修得できるようなものでないことは、エルヴァンもよく知っている。

ただ、今日のエルヴァンには一つの目的があった。

しばらく姫はベールの陰で思案するような様子を見せる。

「私の国の舞でよろしければ…」

「シルカシアの？」

尋ねると、わずかな間《ま》のあと、佳人は頷《うなず》く。

「はい」

ハレムの舞とは異なるが、カフカス地方の民らも踊りが好きで、非常に巧みに踊ることで有名だ。しかし、その踊りは男達と女達とではまったく違う。

さて、どうなることか…、とエルヴァンはかたわらのクッションを引き寄せ、ゆったりとその長身を預けながら頷いた。

「見てみたい」

承知いたしました、と姫は裾を揺らして立ち上がる。

そして、わずかに首をかしげた。

「楽はどういたしましょう？」

二人きりの空間では楽を奏でる者もいない。

「カーヌーンでよければ、私が弾こう。そなたの国では、…『ツィンバロン』というのだったろうか？」

シルカシアの言葉を交えて尋ねてやると、姫はわずかながらもうっすらと笑ってみせた。

身の上を考えれば当然といえば当然だが、これまで微笑《ほほえ》みらしい微笑みすら浮べたことのなかった姫が見せた初めての笑みに、エルヴァンもかすかに口許をやわらげる。

そしてエルヴァン自身も、長く感情らしい感情とは無縁だったことを思い出した。

人の笑みにつられて笑ったことなど、久しくなかった。

泣くことも笑うこともなく、この宮でずいぶん長い時をただ過ごしてきていた。

エルヴァンは立ち上がると、隣室の棚から布のかかった八十に近い多数の弦を持つカーヌーンを持って長椅子に戻ってきた。

鉄の弦を木の撥《ばち》で叩くツィンバロンとは異なり、指先につけ爪をつけるエルヴァンを、姫は興味深げに見ていた。

「カーヌーンを見たことは？」

「ございません」

大理石の床に立ち、長く袖を垂らした姫は首を横に振る。

「では、また今度教えよう」

言いながらエルヴァンは組んだ脚の上に乗せたカーヌーンの弦を、つけ爪でいくらかかき鳴らす。この狭い宮の中では、時間は倦《う》むほどにある。ただ際限もなく、終わりの日まで…。

この姫にカーヌーンの奏し方を教える時間も十分にあるだろう。

エルヴァンはかつて聴いた曲を思いながら、カーヌーンの上に爪をすべらせる。

曲に合わせ、ゆるやかに両腕を広げた姫は、つと爪先《つまさき》立ちになった。そして爪先立ちのまま小刻みに足を動かし、すべるように床の上に円を描いてゆく。それに合わせ、足首の鈴が細かく震え、綺麗な音《ね》を響かせた。

まっすぐに背筋を伸ばしたまま、腕をなめらかに動かしながら、曲に合わせて品良くゆったりと、時には独楽《こま》のように早く、姫は踊りはじめた。

水平に伸ばした腕や首、伏せがちな視線配り、翻《ひるがえ》る袖は優雅で女性らしく、天女の舞もかくやと思わせるほどの美しさだった。

姫の舞に合わせ、ふわりと広がった袖が、豊かな金の髪が、まるで生き物のように音もなく翻る。燭台の光で、薄いハレムパンツの中に、時折すんなりとした白い脚の線が透けて見えた。

途切れることなく続く洗練された動きは清楚《せいそ》で上品なやわらかさがあり、媚態《びたい》など一つもないのに、どこまでも艶《あで》やかだった。

途中から、エルヴァンはあまりに巧みな踊りと姫が舞う姿の佳麗さに目を奪われ、時折、曲を奏でることを忘れたが、かまわず姫はひと通り踊り終えた。

最後、元の位置に戻り、一番初めのように両腕をゆるやかに広げた姿で立った姫に、エルヴァンは思わず呟《つぶや》いていた。

「見事なものだ」

優雅な舞には激しいところなど一つもなかったが、爪先立ちで小刻みに足を進めるのはそれなりの運動量なのだろう。薄い胸がやわらかく上下している。

エルヴァンはさらにつけ足した。

「昔私が見た踊りよりも、そなたの方が美しい」

踊りで気分が高揚しているせいもあるのか、いくらか頬《ほほ》を上気させた姫はここにきてさっきよりもはっきりと笑った。まるで部屋の中で、ふわりと白い花が綻《ほころ》んだようにも見えた。

「カフカスの踊りをご存じなのですか？」

「少しだけな…」

エルヴァンは子供の頃、親しく見ていた踊りを思い、曖昧《あいまい》に言葉を濁す。

「…後宮には様々な国の女達がいる。それこそ、西のマグリブからそなたのいた東のカフカス地方まで」

姫は珍しくまっすぐにエルヴァンを見たあと、ゆるやかに歩み寄ってくると、エルヴァンに向かって手を差し出してくる。

「何だ？」

「…共に踊ってごらんになりますか？」

姫は予期せぬ誘いを向けてくる。

後宮では舞はあくまでも女達、あるいは芸人達が見せるものであって、共に王族らが踊るものではない。

本当に色々と予想外の真似をしてみせる姫だと思いながらも、エルヴァンは膝に乗せていたカーヌーンをかたわらに置く。

さっきまでは共に踊ることなど考えもしなかったのに、昔、踊った日のことが思い出され、エルヴァンは思わず立ち上がっている。

「そう難しいものでもないのです」

姫は歌うように言うと、エルヴァンを招く。

そして、これまでにないほど近くまで身体を寄り添わせてきた。

「添うように動いてくだされば…」

「添うように？」

「ええ」

言いながら、姫は再度爪先立ちになる。やはりそれなりに背の高い姫だった、爪先立ちになると、兄弟皇子の中でも一番背の高いエルヴァンとも近い位置で目が合うようになる。

姫は何かを避けるようにそっと目を伏せると、そのまま足を踏み出した。しかし、小刻みな足運びにも、上体が揺れることがない。

鈴を可憐《かれん》に震わせながら、片腕を前に、もう片方の腕をゆったりと広げた姫は誘うようにエルヴァンを振り返る。

子供時代を思い出し、エルヴァンは姫を追うように腕を広げ、身体を添わせて足を進めた。

そのまま姫の動きにつれて、共にゆったりと部屋の中で弧を描《えが》いてまわる。

「近い位置で、でも触れあってはならないのです」

低いが甘さのある姫の声は、仄青い部屋の中で、まるで魔法のようにも聞こえる。

確かに昔、そのように教えられた…、とエルヴァンは姫のあとを追う。

ただ、共に部屋をゆっくりとまわるだけなのに、時折、姫の動きに合わせて腕の高さや位置を変えるだけなのに、小さく震える鈴の音以外には音楽もないのに、それはずいぶん楽しい時間だった。

それは姫も同じようで、故郷の踊りにしばらくはこの宮にいること、敵国の皇子と共に踊っていることを忘れているようにも見えた。

どれだけそうしていたのか、喉《のど》の渇《かわ》きを覚えたエルヴァンは足を運ぶ姫の前を、伸ばした腕で遮《さえぎ》った。

「喉が渇いた、休まぬか？」

エルヴァンがいつものように閨《ねや》に誘《いざな》うと、渇きを覚えたのは姫も同じなのか、おとなしく従って隣室へと移る。

エルヴァンが硝子の器に葡萄酒を果物で割ったものを満たしてやると、姫はベールをそっと持ち上げ、その陰で美味しそうに飲み干した。

その様子を見ながら、エルヴァンもかたわらの葡萄酒を口に運ぶ。

「姫は水煙草には興味がないか？」

エルヴァンは閨の帳《とばり》の中、小さな卓の上に置いた、繊細な硝子細工の水煙草を示す。

「ここに来て初めて見ました」

姫は物珍しいのか、香水瓶を大きくしたような華やかな見た目の水煙草をしげしげと眺めた。

奥ゆかしい物腰を見せているが、これまでの受け答えを思い返してみても、利口な相手だということはわかる。やはり、その利口さに相応の好奇心は持ち合わせているらしい。

「一度試してみるか？　すっきりとした香りの煙が、水を通すせいでひんやりと心地いい」

エルヴァンが吸い口を差し出すと、興味を引かれたのか、姫は細い硝子の吸い口を手に取った。

「ゆっくりと煙を深く…、このあたりまで」

エルヴァンが胸許を押さえると、姫はさっき同様、わずかにベールを持ち上げ、形のいい唇にその吸い口をあてがう。

「あ…」

ひと口、煙を吸った姫は驚いたように目を見開く。

「どうだ？」

「煙が冷たい…。それに、この香りも…」

そう応える唇からふわりと白い煙がこぼれるのが、何とも悩ましい。

水の中を通った煙には薄荷《はっか》で香りがつけてあり、独特の清涼感がある。

それが気に入ったらしく、姫はその後、二口、三口と吸い口に口をつけ、白い煙をゆったりと吐いた。

「何か、少し…」

呟く姫は、口許を指先で覆った。

「くらくらする？」

「ええ、悪い気分ではないのですが…」

「それが水煙草特有の酩酊感《めいていかん》だ。煙の清涼感と共に、その感覚も楽しむ。ゆっくりと時間をかけて」

エルヴァンの言葉に姫は頷き、まるで催眠術にでもかかったかのように、さらにうっとりとした表情で、吸い口に口をつけた。

さっきまでとは異なるどこか艶《なま》めかしいその表情に、エルヴァンはしばらく見入ったあと、クッションをいくらかかたわらに重ねてやる。

「今宵は私が話をしようか」

姫から少し離れたところに脚を投げ出し、エルヴァンが尋ねると、姫は置いてやったクッションに身をもたせかけ、ゆるい瞬きだけでその先を促した。

褥《しとね》の帳の中に共に身を横たえていても、今夜もエルヴァンが約束を守り、自分の貞操は揺らがないとでも思っているのか。いつものように夜明けまで、一睡もせずに起きている自信があるのか。

その湖のような深い青の瞳には、姫の胸の内は窺えない。

姫の瞬きを承諾と取り、エルヴァンは口を開いた。

「このイシュハラーンよりもはるか南にある、砂漠の話だ。そこは砂地ばかりが延々と続いていて、木はおろか、草一本生えない土地だ」

砂漠を知っているかと尋ねてやると、いえ…、と姫は首を横に振る。

「はるか南の方には、何も住まない、砂ばかりの不毛の地があると聞いたことはありますが…」

「そうだな、人や動物はとても住めない、砂でできた山と谷ばかりの場所だ」

エルヴァンは自身も書物とそれに描かれた絵で見覚えた、そして実際に砂漠を旅したという地理学の師から直接に聞いた砂漠の様子を語ってやる。

「その砂の山も、砂漠特有の強く乾いた風によって始終形と場所が変わる。ごくたまに、延々続く砂地の中にも水の湧く場所があって、そこには緑があり、人々も住む。砂漠を行く隊商は、その水の湧く場所を渡ってゆくのだ」

姫は話に興味を覚えたようで、煙を細くくゆらせながら、耳を傾けている。

「馬で？」

「駱駝《らくだ》という背中にこぶのある、馬ほどの大きな生き物に乗っていく。だが駱駝の背は、馬よりももっと高い。首も細く長くて、そうだな…」

エルヴァンは市《バザール》で見かけたことのある駱駝を思う。

「羊《ひつじ》とも驢馬《ろば》とも違うが、いつもどこか笑っているような顔をした生き物だ。性格は穏やかでやさしく、忍耐強い生き物らしい」

「それが砂漠を渡るのですか？」

「まったく水を飲まずに、数日間生きていられるのだと聞いた。照りつくような砂漠の昼の日射しに耐え、凍りつくような夜の寒さに耐えて、ただゆっくり黙々と歩いてゆくと」

エルヴァンが話すと、姫は小さく呟いた。

「見てみとうございます」

砂漠も、その駱駝という生き物も…と、姫はどこか遠くを見るように、瞳を翳《かげ》らせた。

「そうだな」

エルヴァンも頷く。

実際、それが叶わぬことだとしても、このかたわらにいる佳人に、子供の頃、師から話に聞いた静かな夜の砂漠とその上に広がる満天の星とを見せてやりたいと思った。

エルヴァンは帳の陰、重ねたクッションに身をもたせかけ、深く眠り込んだ姫のベールをそっと持ち上げる。

さっきの果実酒に入れた薬と水煙草による酩酊のせいだろう。水煙草にも、数刻ほど意識を失う薬が忍ばせてあった。エルヴァンのかたわらに身を横たえた姫が、目を覚ます気配はない。

薄青い月の光の中、エルヴァンは姫の喉許を覆った繊細な首飾りの下へとそっと指をくぐらせる。

やわらかな寝息にゆるやかに上下する白い喉許は、きめ細かく、吸いつくようななめらかさを持っている。

しかし、その喉には姫にはありえない隆起があった。

やはり…、とエルヴァンは横たわる佳人を起こさないよう、静かに手を引く。

四角く襟をくったガウンの胸許は女性らしい丸みを欠いているが、こればかりはほっそりと可憐に薄い身体の持ち主も多い。

年齢は十六だと聞いた。女としてまだ完全に成熟しきっているとはいえないが…、とエルヴァンは絹のカフタンガウンを留めつける、四つの金の釦《ボタン》にひっそりと手をかける。

無体を働きたいわけではない。

ただ、確かめたいだけだった。

予想通り、刺繍の入った絹が巻きつけられた胸許はいくらか膨らんでいるが、自然な膨らみとはいいがたい。むしろ、平らな胸に無理に作ったような不自然さがあった。

エルヴァンはしばらく考えたあと、そのままガウンの下、ハレムパンツに包まれた夜目にも白い、すらりと伸びた脚の間へと手を伸ばした。

下腹を探ると、温かな体温が感じられる。その手をさらに進めると、薄手のゆったりとしたパンツ越し、細く長い脚の間にはやわらかな形になってはいるが、女性にはないはずのものがひっそりと息づいていた。

やはり…、という思いが頭をよぎる。

エルヴァンははだけた服を元に戻し、まじまじと眠る姫の顔を覗《のぞ》き込む。そして、なめらかな頬をそっと撫でてみた。

かすかに開く唇は、うっすらと赤く、薄いがやわらかそうでどこか蠱惑的な形をしている。

エルヴァンは眉を寄せる。

乳母子《めのとご》の言葉を思い出し、また、実際に手に触れて確かめてみても、やはり眠り込んだ表情や姿はどうしても輝くような金色の髪を持つ、類い希《まれ》なる美貌を持った姫君だ。

しかし、闇の中で美しい寝顔を見せているのは、紛れもなく姫の形を取った少年だった。

二章

I

その日、空は清々《すがすが》しいまでに青く澄んでいた。

シルカシア王国を取り囲む、高い緑の山々の中、峰に雪を頂いたカフカスの山はその空にひときわ美しく映えていた。

しかし、その朝、シルカシア王国の第二王子カイ・スーラは、城壁よりも高く組まれた十に近い敵軍の攻城塔《こうじょうとう》と城を包囲する異国の兵士の群れ、たなびく多数の旗、そして凄まじい音で轟《とどろ》く大砲の音と立ち上る白煙に、生まれ育った国の終わりを予感した。

カイは細い眉を寄せる。

城を取り囲む兵らの背後からは延々と、聞いたこともない敵国の軍楽隊の演奏が遠く不気味に聞こえ続けている。

異様なラッパの音に、こちらを不安に陥れる多数の打楽器、シャンシャンと耳につく耳障りな金属音に重なって、軍楽隊の男達が声を合わせ、敵国兵士らを鼓舞する歌を得体の知れない旋律で延々歌い続けているのが、ただただ恐怖感を煽《あお》りたてる。

あの歌と曲と共に、これまで噂にしか聞いたことのなかった大砲が遠距離から撃ち込まれるたび、この二日ほど敵の攻撃に耐え抜いた堅牢《けんろう》なはずの城が揺れ、壁や天井からは細かな漆喰《しっくい》の欠片《かけら》や切片《せっぺん》が降ってくる。この大砲による攻撃が丸一日も行われれば、いかに堅牢とはいえ、こんな山あいの小国の城などあっけなく陥落してしまう。

成人前ながら戦闘服《チョハ》に身を包んだカイは蒼白な顔で、生まれ育った城が今まさに攻め滅ぼされようとする様子を見ていた。

否、本当のところは一週間ほど前、噂に伝え聞く西方の大帝国サッファビーアから降伏を勧める異装の使者がやってきた時から、この国が滅亡する予感はあった。

隣国がサッファビーア軍に攻められ、戦《いくさ》途中で降伏したのは半月ほど前のことだ。

サッファビーアの軍勢がさらに東方の制圧を目指し、すでにこのシルカシア王国との国境間際に集結しているという報告も受けていた。

シルカシアのあるカフカス地方にある小国は、ここ三十年ほどで西側の国から次々とサッファビーア帝国の支配下に落ちていた。降伏の勧めを受け、帝国の支配を受け入れて属国化した国もあれば、戦って滅ぼされた国もある。

ただし、降伏勧告に従い、サッファビーアの支配を受け入れるのも容易ではない。

王は生きながらに囚われ、王妃や子供らは奴隷の身分に落とされた上で、人質としてサッファビーアの首都イシュハラーンに送られる。場合によっては貴族、あるいは地主、部族長らの子供らも皆、捕らえられる。

囚われた王の代わりに、サッファビーアから統治を行う執政官がやってくる。それを呑んで形骸化した国の存続を望むか、あくまでも戦ってその支配を拒むかだった。

無敵ともいわれるサッファビーア軍が侵攻の意図を持って進んできた時点で、目をつけられた国にはほぼ先がないともいえた。

黒海《こっかい》とハザール海に挟まれたカフカス地方は、山あいの地ながら大陸の交通の要衝であるため、古くから大国同士の争いに巻き込まれがちだった。平地が少ないとはいえ、水が豊かで緑も多い。農作や酪農地としても恵まれている。逆にそれが災いもしているのだろう。

多数の民族を抱えたこのカフカス地方では、小国ながらも懸命に立ちまわろうとする国もあれば、頑《かたく》なに大国の支配を退けようとする国もある。

中でもシルカシアの民は誇り高く勇猛で、そんな過酷な歴史の中でも小国としての矜持を固く守ってきた。二十年ほど前に北の大国ルーシの侵攻を受けた時には、ひと月半ほどの戦いの末、その攻撃を退けたという。

その頃、父王カザスはまだ成人したばかりだったが、兵と共に戦い、城を守り抜いた時のことをいつも誇らしげに語ってくれた。

今回、攻め入ってきた敵軍兵士の数は、かの大国サッファビーア帝国の侵略軍としては予想よりも少ないものだった。しかし、敵の指揮官による攻撃は巧みで、堅牢なことで知られたシルカシア城の構造上の弱点を当初予想よりも早く、たったの三日で見抜いてみせた。

しかも、サッファビーア帝国の戦力を圧倒的なまでに高めている有名な銃火器に加え、このカフカス地方では見たこともない、雷のような音を轟かせ、遠方から巨大な鉄球を打ち込む大型の新兵器を備えてきていた。これは隣国との戦でも聞いたことのない代物だった。

今朝からサッファビーア軍は、この新兵器で頑丈なシルカシア城壁の中、唯一の弱点ともいえる城門の上部を集中的に狙《ねら》っていた。いくら攻城に備えて四重に強固に造られているとはいえ、このまま城門ばかりを攻められれば半日も保たないだろう。

分厚い城壁の向こうには攻城塔がいくつも控え、さらには戦上手で知られたサッファビーア軍の精鋭騎馬隊が門の崩壊後に城内に攻め入るために、見慣れぬ異国の装束に身を包んで、こちらの投石機や弓矢の届かぬ位置に整然と待機している。

そして、ずっと聞こえてくるのがあの軍楽隊の不気味な歌と曲だった。

予想より少ないとはいえ、兵の数も所持する兵器の水準もまったく違う。どう見ても、この国に勝ち目はなかった。

圧倒的な軍事力の差に、弩《いしゆみ》を手に青ざめきって立ちつくすカイの許に、父の使いの兵士が呼びにくる。

『カイ様、どうぞお戻りに。父君がお呼びにございます』

カイは頷き、兵士について広間に駆け戻る。

広間では、父王カザスが頭部に受けた傷の手当てを受けていた。かたわらには、母であるオルガ王妃の姿がある。

『父上、お怪我を⁉』

驚きの声を上げるカイに、父は険《けわ》しい顔で片手を上げてみせた。

『大事ない。石が当たっただけだ』

城壁近くで守備の指示を出していた時に、崩れてきた壁の破片が当たったらしい。ここでも城陥落の危機をひしひしと感じる。

頭に包帯を巻き終えたカザス王は、すぐ側にカイを招いた。

肩にも石を受けたらしく、鎧《よろい》の肩当てが取られ、カフカス地方の男性が身につける黒い戦闘用衣装が覗いている。そこにも薄く血の滲《にじ》んだ包帯が巻かれていた。

『カイ、この城はあの新しい兵器の前には、長くは保たぬ。今日の夕方まで保てばいいところだろう』

父の冷静な言葉に、さっき、まさに城を取り囲むサッファビーア軍を見てそう思ったカイは、何も言えない。

『敵の手勢はサッファビーア軍としては多いものではないが、指揮官の攻撃は巧みだ。隣国には隣国用の、そしてこのシルカシアにはシルカシア用の攻略方法を用意しているようだ』

カイは喉の奥から苦く言葉を押し出した。

『…では、降伏を？』

『いや』

カザス王は首を横に振った。

『先ほど、諸侯や各部族の長らの意見もまとまった。生きて虜囚《りょしゅう》となり、そなたやこの国の民らが奴隷とされるのを見せつけられるのは潔《いさぎよ》しとせぬ、それがすべての者らの総意だ。こうなった以上、私は皆と共にこの国を最後まで守るために戦う。お前の兄、ヘイダルもこの国を守って死ぬまで戦うと誓ってくれた』

カイは四つ歳上の兄の姿を周囲に探した。この場にいないのは、今、父に代わって城壁の守りを指揮しているのか。

『では、私も及ばずながら、父上、兄上のお役に立ちたいと思います』

いや…、とカザス王はカイの言葉に首を横に振った。

『お前はまだ成人しておらぬ』

『でも、来年には私も成人いたします！　まだ幼い子供ではありません』

意気込むカイに、父王はなおも首を横に振る。

『カイ、お前はこの城を出よ』

何を言われているのかわからず、カイは軽く混乱した。とっさに、いつも父王に寄り添うようにして共にいる母の顔を見る。

長い金髪を編み上げ、刺繍を施した短い飾り帽に裾の長いベールを慎み深くつけた母オルガは、その美しい顔にいつにない厳しい表情をたたえ、ただ頷いた。

オルガの表情に、カイは父の命令が単なる冗談でも思いつきでもないことを知る。

『ここを出て、この国を再興する道を探れ』

『…再興？』

『そうだ、国にはまだ、この城に逃げ込みきれなかった者らもいる。生きてこの国を再びこの地に取り戻す道、この国の民を隷属《れいぞく》から解き放つ道を探れ』

『私が…、ですか？』

『そうだ、お前にしか任せられぬ。そなたは兄へイダルよりも聡《さと》い。知力もあって忍耐強い。へイダルも、お前にならば必ずやり遂げられるだろうと言った』

カイは勇猛で鳴らした兄を思う。けして、兄が愚鈍なわけではない。勇ましく、誇り高く、このシルカシアの男として、そして王子として、何ひとつ欠けることのない自慢の兄だ。

確かに知略や語学にかけてはカイの方が分《ぶ》があるかもしれないが、それについては王のかたわらにいる参謀や通訳が優秀であればいいだけの話だ。次の王としては兄の方が人望もあり、国を率いるだけの度量もある。

『けして、楽な道ではない』

父は威厳を備えた顔で重々しく言った。

『しかし、このシルカシアの血を引く者として、この地に我が王国があった証《あかし》として、必ずや誰かが生き延びねばならない』

カイは眉を寄せたまま、半ば呆然《ぼうぜん》とその声を聞く。

『生き延び、この地に我が王国再興の礎《いしずえ》を築け』

そう言うと、カザス王はカイに跪くように命じた。

カイは慌《あわ》ててその場に膝をつく。

するとカザスは腰から剣を抜き、カイの肩にその刃先を当てた。

父王が意図することを察し、カイは右手を胸に押しあてる。

これはシルカシアやその近隣国での、王が臣下の者に正式な命令――それは時に命をかけるほどに重い使命を与える儀式だった。

『シルカシアの王カザスは、その子カイ・スーラに命じる』

重みのある父の声に、カイは頭《こうべ》を垂れた。

『生き延びよ。そして、この地に再び我らが王国を築け』

思いもしなかった重い大命に、カイは震えながらその声を聞いた。

『は…』

もし…、とカザス王はひと呼吸置くと続けた。

『もし、お前の代でそれがならずとも、我らが王国がこの地に在りしことを、必ずや後の世に語り継げ』

カイはとっさには答えられず、父親の顔を仰ぎ見る。それはカイが国を再興できずとも、許すという意味なのだろうかと…。

父は抗《あらが》いがたい威厳に満ちた深い表情で再び命じた。

『我らが王国がこの地に在りしことを、語り継げ』

肩に父の刃《やいば》の重みを感じながら、カイは頭を下げた。

『…必ずや、仰せのままに』


『カイ、こちらへ』

カイを王妃の間へと導いたのは、オルガだった。

そこにはすでに母の侍女三人が待機していた。寝台の上に広げられた地味な女性用装束に、カイは驚く。

『…これは？』

『今、城を抜け出ようとする男は、見つかればまず間違いなく問答無用で首をはねられます。女ならまだ、家族を頼って城から逃れると言い訳できます』

早く、とオルガに促され、カイはまとっていた長い男性用の上着《チョハ》を脱いだ。袖口が広がった裾が膝を越すほどの上着で、男達にとっては戦闘用装束であり、盛装でもある。

その下の襟の高いシャツも脱ぐように言われ、小さな釦を外しながらカイはオルガに尋ねる。

『抜け道は崖下に通じると聞いていますが』

シルカシア城は険しい崖の上に迫り出すように建てられている。

城の崖下は深い森と峡谷であり、そのため、城の後方からの攻撃は不可能だった。これが長らくシルカシア城が天然の要塞、難攻不落の城ともいわれた理由でもあった。

『ええ、険しく細い階段が崖下に通じています。下からは容易に上がってくることのできぬ道です』

カイはまだその階段を実際に目にしたことはない。おそらく、兄のヘイダルも知らないのではないだろうか。王と王妃、そして、抜け道を守ることを命じられたごくわずかな城の衛兵だけが、その存在を知るという。

ズボンと長靴も脱がされ、下履《したば》きのみとなったカイは、白い女性用のアンダードレス、さらにその上に灰色の女官用のドレスを着せつけられる。細い腰に巻きつけられたのは、裾近くまで長く垂らすサシェ状の緑濃色のベルトだった。喉許には喉仏を隠すため、細かくビーズをあしらった飾りリボンが巻かれる。

身体をより細く、しなやかに見せるようにとぴったりと作られた女性用装束の袖は、普段着慣れた袖のゆったりしたチョハよりも腕が動かしづらい。だが、カイの細身の身体だと、確かに歳若い女官だと言っても言い抜けられそうだった。

これは幼い頃から骨太でがっしりとした体格だったヘイダルとは違って、まだカイが少年とも少女ともつかないほっそりとした身体つきなせいだろう。

女性としては少々背が高いが、カフカスの人間は男女共に総じて背が高いため、悪目立ちするほどとはいえない。

普段、こめかみあたりの髪を細く三本ずつの編み込みにしたカイの胸までの長さの金の髪は、後ろで束ねられ、低い位置で結われる。

その間も砲撃はやまず、絶えず床や壁が細かく震え続けていた。あいかわらず、あの不気味な軍楽隊の演奏と歌も聞こえている。

しかし、気丈なオルガや、王妃に仕えて長い女官らは、ほぼ無言でカイを少女の姿に仕立て上げてゆく。最後にカイはベールのついた丸い飾り気のない女官用の飾り帽を、母の手によって被せられた。

『まぁ、こうして見るとお前は、やはりアイラによく似ている』

カイの肩から背中へとベールを垂らし、帽子を髪にピンで留めつけながら、オルガはここにきてようやく微笑んだ。

アイラは一年ほど前に急な病で他界した、カイの一つ上の姉だった。広く近隣国にもその美貌を知られた姉は、オルガの若い頃に瓜二つだといつも父が目を細めていた。

カイはそんなアイラと共に、切れ長で神秘的な深い青の瞳も、黄金《こがね》色の髪もオルガによく似ていると言われてきたものだった。

『私は姉上と同じで、母上に似たようです』

去年は姉を亡くし、今は生まれ育った国まで失おうとしている母が不憫《ふびん》で、カイは何とか口許を笑みの形に作る。

『ええ、アイラとお前は私に、そしてヘイダルはお父様に』

微笑む母の手を、カイは引く。

『この城に抜け道があるというのは、以前も聞きました。母上もどうか、早くお支度を。兄上ほどの腕はありませぬが、必ずや私がお守りいたします』

オルガは首を横に振った。

『私はまいりません。王のお側を離れません』

『でも……！』

オルガはカイの手を固く握りしめると、じっと目の奥を覗き込むようにして言った。

『生きなさい。そして、父上のご命令を固く胸に刻み、仰せに従いなさい』

『母上…』

『鋏《はさみ》を』

オルガに命じられ、年配の侍女がかたわらの籠《かご》から、オルガの裁縫用のよく切れる鋏を差し出す。

オルガは侍女に手伝わせ、結い上げた髪からピンを抜くと、丹念に編み込んだ腰よりも長い髪に肩の上で鋏を入れた。

長かった髪をばっさりと切り落としたオルガの姿に、カイは言葉もなかった。ただ息が乱れ、唇が細かく震える。

『いつかお前がこの地に戻るまで、これを私だと思って携《たずさ》えていておくれ』

王妃オルガの頭《こうべ》を飾る金の王冠ともたたえられた美しい髪の束は、侍女の手によって手際よくリボンでまとめ、ひとくくりにされる。

オルガはさらに自分の指から青い石のはまった金の指輪を抜き、カイの薬指へとはめた。

青紫がかった、オルガの瞳の色によく似た色の宝石で、カイの物心がつく前からずっとオルガの指を飾ってきた指輪だ。姉のアイラの瞳の色であり、カイの瞳の色でもある。

『これは、父上からの贈り物の…』

『ええ、私はいつもおまえと共にあります』

忘れないで…、とオルガはかすかなささやきと共に伸び上がると、今や自分よりも背の高くなったカイの頬と額《ひたい》に口づけた。

『さぁ、行《ゆ》きなさい。ミレナとヤナがお前と共に行きます』

母の侍女達の中でもしっかりした三十代の女官二人が、かたわらで頭を下げる。

『王妃様、お早く！』

外から衛兵の呼ぶ声がするのに、オルガはカイの背を押した。

『さぁ、早く行くのです』

『母上…』

動揺にかすれた声は、うまく音にならない。

侍女らによって部屋の外へと伴われかけたカイに向かい、オルガはゆっくりと口許に笑みを浮かべる。

『カイ、元気で。必ず生き延びなさい』

とっさに何と返していいのかわからず、カイはオルガに向かって叫んだ。

『母上も！』

オルガが微笑む。

『母上、愛しています！　心から！』

小さく手を上げたオルガに、カイの叫びは届いたのかどうか、轟く砲声にそれもわからぬまま、カイは侍女と警護の衛兵と共に廊下を走った。


城から崖下へと下りる階段は細く、人が一人通るのがやっとの、狭く長い、それこそ気の遠くなるほどに長い階段だった。それを先頭の兵士としんがりの兵士が掲げる松明《たいまつ》の明かりだけを頼りに下りた。

階段の渓谷に面した箇所は、ちょうど岩陰になる場所だった。

その岩陰には大人が中腰でなんとか通れるほどの穴があり、鉄の格子がある。その格子を、おそらくこの階段の管理を任されていただろう先頭の兵士が鍵を使って開けた。格子の向こうには、さらに中からしか動かせない岩が置かれていた。

重い岩を兵士が二人がかりで動かし、警護兵三人を含む六人はようやく渓谷のほとりへと出た。

そのまま険しい渓谷沿いの細い道を、岩陰や木陰に隠れるようにしてしばらく歩く。

そして、水の勢いはあるが、川の流れの中に岩がいくらか飛ぶようにしてある浅瀬を兵士に手伝われて渡った。

川の先の森の中に入ると、あとはこの森を熟知した兵士が先導して、北を目指してひたすらに足を急がせた。

とりあえず、国の最北端にある山あいの部族の村が、身を隠すのに手を貸してくれるだろうと兵士とミレナは説明した。兵士は昔から父に仕える五十代の熟練兵で、カザスの信頼も厚かった。この兵士を同行させたのは、カザスの意向だろう。

しかし、城を穿《うが》つ大砲の音と不気味な軍楽隊の曲とが徐々に遠ざかってゆくのには、カイだけが逃げ出すようで胸が痛む。

父は、母は、そして兄や城を守る者達は…、カイは小走りに歩きながらも、白煙の上がる石造りの城を何度となく振り返った。

そうして昼過ぎまで、ほとんど休憩もとらないままに歩き続けた頃だろうか。

『…しっ！』

一瞬、足を止め、皆に制止するよう促し、周囲の気配に耳をそばだてたのは、先頭を走っていた熟練兵だった。その兵士の合図にしんがりを務めていた兵士が空を仰ぎ、次には膝を折って地面に耳をつける。

思わず顔を見合わせるカイとヤナ、ミレナに、地面に耳をつけていた兵士はやや強張った顔を上げた。

『追っ手だ。おそらく馬で六、七頭以上。軍装だ、確実にこちらに向かってきている』

六人の中に緊張が走る。

予想外に早い追っ手だった。せめてどこかの集落に紛れ込むことができれば、あるいは洞窟などに身を潜めることができれば助かる可能性もあったが、いったいどこで深い森の中を進む六人の姿を見たのか。

『ただの兵士らに捕まれば、女は間違いなく敵の好き放題にされます。むろん、男ならば問答無用で殺されますが』

沈黙を破って口を開いたのはミレナだった。

『でも、捕らえた相手が姫なら、まずは向こうの兵士も好き勝手にはできません。まともな兵であるほど、上の人間の意向を聞かねば自分達の首が飛びます。私達はとにかく、カイ様だけはおそらくシルカシアの姫として手出しできないままに運ばれるはずです』

『その間に隙《すき》を見て逃げ出すことはできるか？』

先頭を走っていた熟練兵が尋ねる。

『わかりませんが、せめてもの時間稼ぎには…』

ミレナは切迫した表情で答える。

ミレナにも、本当のところはわからないのだろう。単なる女官ではなく、姫ならばこの場では凌辱《りょうじょく》を受けずに助かるかもしれないという可能性の話でしかない。

だが、せめてカイだけでも救いたい、わずかながらでも長らえさせたいという、その必死な気持ちは十分に伝わってくる。

『王子？』

年配の兵士は目を横に動かし、尋ねてくる。カイの意向を優先しようというのだろう。

しかし、六、七頭以上の馬で追われれば、どれだけ必死で走って逃げても、ものの一刻と経たないうちに追いつかれることはカイにもわかる。

『私が姫として通るだろうか？』

カイはかすれかけた声で尋ねる。男としてはやわらかい声、やさしい声だと言われるが、それが姉のアイラのように美しい声かと言われると違う。

細いが胸もない。いくら容貌が姉と瓜二つと言われていても、服を剝《は》がれれば、一瞬にして男だとばれる。ここで手出しをされれば、まず命はないだろう。

『少なくとも私どもには、今、ここでカイ様がアイラ姫だと言われても、見た目にはさほど違和感を覚えません。姫様よりは多少身長はおありですし、声は低くていらっしゃいますが、強く声を発せられねば、それもおかしいと思うほどではありません』

『このままで、姉だと言い張れるか？』

カイは救いを求めて、ミレナとヤナを見る。生前の姉の日常的な姿を、よく知った二人でもある。

二人の女官は顔を見合わせたあと、ミレナの方が口を開いた。

『少し姫君としての髪型に作って、飾りを足しましょう。もし何かあった時のためにと、王妃様が、いくつかの飾りを持たせてくださっています』

その何かあった時というのは、旅の資金に困った時のためのものか、あるいはこうして追っ手がかかった時のためなのか。

カイの身を先々まで案じてくれただろうオルガの思いを改めて知らされ、カイは頷く。

『急いでくれ』

追っ手の気配に神経を尖《とが》らせる兵士らをかたわらに、女達二人は信じられないほどの速さで後ろで結っていたカイの髪を解くと、さっき渡されたオルガの髪の束を四つに分け、カイの髪に巧みに編み入れる。

母が形見にと切って渡してくれた髪には、こんな意味合いもあったのかとカイは今さらながらに、ここまで見越していたオルガの深い洞察力と愛情とに胸がいっぱいになる。

女官二人の手によって、カイの髪はかつて死んだ姉がしていたように、腰を越すほどの長さの三つ編みを四つ、下げおろされた。さらに二人はオルガに持たされた荷物の中からブローチを帽子に留めつけ、首には真珠の首飾り、サシェにも七宝の飾りをつける。

代わりに母がカイにはめてくれたあの指輪は、紐《ひも》に下げて胸許へと隠した。

ミレナは最後にベールを一枚取り出し、背後へ垂れたベールとは別に丸い帽子にピンで留めつけ、カイの顔の前に垂らすようにして顔を隠した。

透いたベールを通すと視界も悪いが、その分、カイの顔を直接にはっきりと見られることもなかった。

『本当に』

追っ手の気配が着々と迫る中、ミレナは痛々しいような笑みを見せる。

『ベール越しだとアイラ姫に生き写しと言えるほど、お美しくていらっしゃいます』

はたしてそれが吉と出るのか、凶と出るのかもわからぬまま、カイは小さく頷く。

今、こうして二人の女官と三人の警護兵が自分を助けるために懸命に働いてくれている以上、自分にはこの身に替えても、五人を守る義務がある。父や母、兄が城に残り、立てこもった民らと運命を共にするのと同じに。

『ありがとう』

そして、足にまとわりつく長いドレスの裾をつまみ、二人の女官と警護の兵士らを促す。

『行こう』

カイらはさらに足を早めて歩きはじめたが、馬のいななき、追っ手らの声がはっきりと聞こえるようになったのは、それからすぐだった。

果敢にも三人の警護兵はカイと女官を背後に庇《かば》い、騎馬兵らの前に弩《いしゆみ》を構えて立ちはだかる。

しかし、敵の騎馬兵らもすでに弓を手にしており、威嚇のためか、やや外した位置にすばやく複数箇所から矢を射てくる。

馬を駆るには不向きな森の中を、こちらを取り囲むように巧みに半円状に追ってくる騎馬兵らの数は、ゆうに十頭を超える。

「止まれ！」

先頭を走ってくる騎馬兵が、サッファビーア帝国の公用語であるテュルク語で叫んだ。

その兵を狙って無言で矢を放った警護兵の一人が、斜め横から喉を射られ、ほとんど呻《うめ》き声も上げずに倒れ込む。

その攻撃で、この追跡のための騎馬兵らは恐ろしいほどの手練《てだ》れなのだとわかった。

カイは震える歯を食いしばり、ミレナとヤナを自分の背に庇った。

「よけいな抵抗をするな！」

先頭を走る兵はなおも叫ぶ。

カイの身を思ってか、弩を構えていた残りの二人の兵はその先を下ろした。

あっという間に騎馬兵らは、カイらを取り囲む。

「城の女達か」

そこそこ頭のまわるらしき先導者の兵士が、品定めするような目でカイらを馬上から見下ろしてくる。

「そこの女、ベールを取れ」

男はカイを指差し、顔を隠すベールを取れという仕種をして見せた。

『無礼な！』

カイの肩を背後から抱えるようにして、ミレナが気丈にも声を張る。

「女、お前、何者だ？　ただの女官とは違うようだが…」

男が好色そうに目を細めるのを、かたわらにやってきた騎馬兵の一人が片言ながらシルカシアの言葉で訳した。

『女、何者？　お前、女官と違う』

さっきミレナとヤナが飾ってくれた衣服からか、女官を従える側の身分だと察したらしい。

訳した男が先導の兵に耳打ちする。

それを肯定するかのように、カイの前に立つ年配の警護兵が声を上げた。

『姫に手を掛けるな、無礼者めら！』

それに続いて、ミレナとヤナも声を上げる。

『尊いご身分のお方なのですよ！』

『お前のような輩《やから》が、直接、お目にかかれるような方ではないのです！』

先導兵と他三名の兵士が馬から下り、警護兵二人の剣と弩とを取り上げる。続いて、ミレナとヤナが強引に腕を取られ、カイから引き離されて悲鳴を上げた。

先導兵はカイのすぐ前にやってくると、ベールの向こうからまじまじと顔を覗き込んでくる。

「お前が、この国一美しいと評判のアイラ姫…か？」

男は言葉と共に、力尽くでカイの顔からベールを払いのけた。

Ⅱ

夕刻、警護兵達と引き離されたカイは、ミレナらと共に後ろ手に拘束されたまま、指揮官の天幕に連れていかれた。

ミレナの主張通り、やはりシルカシアの姫ともなると、騎馬兵らが勝手に手出しすることは許されないのか、乱暴は受けなかった。おそらく、追っ手の騎馬兵らの統制がよく取れ、それなりに規律正しかったことも幸いしたのだろう。先導兵は高貴の姫を狼藉《ろうぜき》した挙げ句に叱責《しっせき》を食らうことよりも、姫を生け捕りにする手柄を選んだらしい。

連行されるカイは引き離された警護兵らの無事、そして、カイを守ろうとして殺された兵士の安らかな眠りを、ただ祈った。

砲撃はすでにやんだのか、途中から大砲の音は聞こえなくなっている。それが城の中の者らにとっては救いなのか、それともさらなる悪夢の始まりなのか、連行される中、カイは案じ続けていた。

連れられていった指揮官の天幕は、サッファビーア帝国軍を仕切る者としては予想外のずいぶん簡素なものだった。

色は周囲の天幕と同じ薄茶色で、指揮官と聞いて考えるような派手な色合いのものでもない。他より多少規模が大きいぐらいで、飾りもほとんどない。前に旗を持った警護のための兵数名が立っていなければ、それとわからないほどだった。

そのため、カイはしばらくは自分がうまく敵国の言葉を聞き取れていなかったのだろうかと軽く混乱した。

ミレナのとっさの機転で兵士らによる凌辱は免《まぬか》れたものの、アイラ姫として指揮官の許に連れてゆかれれば、結果は同じだ。男とばれた瞬間、自分は首をはねられるのか、それとも他のサッファビーアの支配下に置かれた国々の王族、貴族の息子らがそうだったように、改宗を迫られて奴隷、あるいは宦官《かんがん》とされるのか。

おそらくは殺害…、とカイは力なく目を伏せる。

母のオルガはカイが少しでも生き延びられるよう、命を長らえるようにと、あえて女性の格好をさせて逃してくれた。その判断は、ある意味正しかった。

しかし、自ら進んで降伏したならともかく、性別を偽ってまで逃げおおせようとした王子を、サッファビーア方も積極的に生きながらえさせる理由がない。無力感に苛《さいな》まれながら、カイはミレナらのためにも、そして父からの命令、母の願いのためにも、ただ歩く。

けれども、促されて中に入ると、天幕内には指揮官の姿はなかった。正面に据えられた数段の壇の上の椅子には、まだ誰もかけていない。

ミレナとヤナを従えたカイは、その椅子の前の臙脂《えんじ》の敷物の上に王族としては屈辱的な、床に膝をついた姿勢をとらされる。ミレナとヤナはさらに入り口近い位置に、やはり両腕を後ろで拘束されて引き据えられていた。

カイはせめてもの矜持から、膝をついた姿勢のまま、ベールで覆《おお》った顔をかろうじて上げていた。さっき、騎馬兵らにベールをめくられただけで、奪い取られなかったのは幸いだったのだろうか。

今のカイには、何ひとつわからない。

カイがそのままの姿勢でしばらくそこで待ったのち、外から天幕の入り口が捲《まく》り上げられた。

カフカス地方の長衣《チョハ》をまとった長身の若い男が、従者を二人連れ、入ってくる。

髪はほとんど黒に近い褐色で、肩口と胸許、袖に金糸の刺繍の入った黒いチョハをまとっている。そのため、ただでさえ高い身長がより引き締まって高く見えた。チョハの特徴で上半身は身体に添うように誂えられているため、バランスよくしっかりとした体幹が際立って見える。

男はそのままままっすぐに正面へと進むと、壇上の椅子へと腰を下ろした。

チョハの黒い色は軍の指揮官の証でもあるが、しかし…、とカイは薄いベール越しに見える男の顔立ちに戸惑う。

歳は二十代半ばぐらいなのだろうか。緑色の瞳を持つずいぶん端整なその顔立ちは、カフカス地方の人間のものに見える。肩や襟許の装飾は若干違うが、衣装もカイが普段まとっている衣装と変わりない。父や兄がまとったのと同じ、黒のチョハだ。

正面に座った男は、膝をついたカイをわずかに目を眇《すが》めるようにして眺めただけだった。

さっきまでの兵士らとは異なり、アイラ姫としての美貌にも興味を持った様子はない。

エルヴァン皇子の許に連れてゆく…、兵士らはそう言っていなかっただろうか。それとも、自分の聞き間違いなのか。

エルヴァン皇子の許に行く前に、誰かサッファビーア帝国に協力する近隣国の貴族、あるいは軍人の許にでも連れてこられたのか。

「シルカシアの姫、アイラ王女だと聞いたが」

男は何の前置きもなく、切り出した。

やむなくカイは膝をついたまま、ゆるやかに頭だけを下げてみせる。正体は男であれ、礼儀もわきまえぬ蛮族の人間だとは思われたくはなかった。

「サッファビーアの第三皇子、エルヴァンだ」

男が短く名乗るのに、カイは驚く。敵国の皇子が、カイらと変わりない服装をしていることが意外だった。これが近隣国の王子なら不思議はないが、サッファビーア帝国といえばはるか西方の国だ。

しかも、天幕内、そしてサッファビーア軍の中には、皇子以外にチョハを身につけている者はいない。

従えてきた二人の従者、長身の皇子よりさらに背の高い、目の上に目立つ傷のある男も、中背の丸顔の男も、裾の長いゆったりした前合わせの上衣を着ている。それにゆったりとしたシャルワールと呼ばれる下履きを履き、腰にはサッシュを巻いている。傷のある男は頭にターバン、丸顔の男は円筒状の帽子を被っているが、いずれもサッファビーア人らしい格好だった。

様々な人種が集まるというサッファビーア帝国の軍らしく、多少、東方風の衣装、あるいは西欧風の衣装を身につけている者はいたが、カフカス地方の民族衣装を身につけている者は他にはいなかった。

さらにこのエルヴァンという皇子は、チョハが恐ろしいほど様になっている。すっきりと鼻筋の通った男性的な容貌は、兄のヘイダルよりもさらに立派で美しく見えた。

なぜ、自分達と同じチョハを身につけているのか尋ねてみたいが、声を出すのははばかられる。声を発して、男だとばれない自信がない。それとも、これも何かの策略なのだろうか。

エルヴァン皇子はカイ自身にはまったく関心もない様子で、表情薄く言葉を続けた。

「残念ながら貴国と我が国は今も戦闘中だ。決着がつくまで、姫にはここにとどまってもらうことになる」

決着…、とカイはベールの陰で唇を噛む。カイにとっては自国が滅びるのと同義語だった。

城の皆は無事なのか、ただそれだけが気に掛かるとカイは薄い胸を喘《あえ》がせた。

目の上に傷のある男が皇子に何か短く声を発したが、あまりに低く短いその言葉はとっさにカイには聞き取れなかった。

皇子はちらりと男の方へ冷めたような目を向ける。

「女をいたぶる趣味はない。訊《き》いても、姫ではたいしたことを知っているわけではあるまい。痛めつけた分、こちらも嫌な思いをするだけだ」

単に体面を取り繕っただけではなく、心底そう思っているようで、皇子はカイにまったくそれ以上の関心を向ける様子はない。

そこへ、外から兵士が入ってきた。

「皇子、兄君からの使者がまいりました」

エルヴァンはそちらへと目を向けると、使者の用件を聞くためなのか、立ち上がった。

「天幕を用意する。そちらに侍女と共に移られよ」

皇子はそれだけを乾いた声で命じると、かたわらの丸顔の従者を呼んだ。

「サザーン」

丸顔の男ははしっこそうな目を皇子へと向ける。

「アイラ姫に新しい天幕を」

「承知しました」

そこでサザーンと呼ばれた男は、ふと思いついたように声を上げた。

「姫の手鎖《てぐさり》はどういたしましょう？　そのままに？」

一応、後ろ手に拘束されたカイの処遇を尋ねてくれたらしい。

「外せ。天幕の前後に二名ずつの歩哨《ほしょう》を立てよ」

「仰せのままに」

サザーンが頭を下げると、皇子はそれ以上カイに興味はないようで、皇子よりもさらに背の高い、顔に傷痕を持つかたわらのもう一人の男と共に天幕を出ていった。

最後まで、ベールを上げよとも言われなかった。

確かにベール越しにも顔の造作はそれなりにわかるだろうが…、とカイは不思議に思う。

手に入れた女は身分にかかわらず、好きに扱っていい女奴隷とされ、王族、貴族の娘らは後宮《ハレム》送り、あるいは高官の妾とされるというサッファビーア軍の噂とは違う。

それともあの皇子、エルヴァンなりに何か考えあってのことなのか。単にカイの容姿に食指を動かされなかっただけなのか。むろん、向こうにも好みはあるのだろうが、どうなることかと半ば観念していたため、どこかでほっとしたような、拍子抜けした思いもある。今になって、さっきのエルヴァン皇子の前で自分の心臓がバクバクと躍《おど》っていたことに気づく。

「しばらくこちらでお待ちください」

サザーンは胸に手をあて、カイに向かって頭を下げると天幕の用意のためか、見張りを残してやはり出てゆく。

敵国とはいえ、それなりに王女としての敬意を示されているのだとわかる。

しばらくして戻ってきたサザーンは、カイと共にミレナとヤナを別の天幕に連れていった。

誰か、将校の一人が使っていた天幕を空けさせたものらしい。調度品も置かれ、それなりに居心地よく整えられた天幕の中へと通された。

兵士を五人ほど伴ったサザーンは、天幕の中でカイやミレナらの鎖を外した。

「鎖は外しますが、天幕の出口に一名、他にも外に四名、兵を置かせていただきます」

サザーンは慇懃《いんぎん》に言ってのけるが、皇子が置くように命じた兵士の数よりさらに一名多い。

「鎖を外した以上、ここから逃げられれば私の首が飛びますので」

カイや侍女らの非難の視線を受け、抜け目ない男は頭を下げた。

「見張りの兵士は精鋭中の精鋭。むやみに他国の姫君に狼藉を働くような無礼はいたしませぬので、ご安心ください」

慰めなのか、自分を睨《にら》む女官らへの揶揄《やゆ》なのか、サザーンは愛想よく言ってのけると、食事をお持ちしましょう、と出ていってしまう。

夜にはスープとサラダ、野菜と肉の炒め物、平たいパンが出されたが、カイはとても口にする気になれなかった。ミレナに乞《こ》われ、かろうじてスープを飲んで食事を終えた。

城を離れた場所で、ただひたすらに皆の命あることを祈る。

そしてそれ以上に、もしもの奇跡が起こって、以前と変わらぬ自然に恵まれたこの地で、家族が城で穏やかに過ごしていた日が再び始まらないかと願った。

Ⅲ

天幕に軟禁されて二日目の朝、カイは今日もヤナの手によって結い上げた髪にオルガの髪を巧みに編み込んでもらい、朝の支度をしていた。

「アイラ王女、失礼いたします」

天幕の外から、サザーンの声がかかる。

『エルヴァン皇子がお呼びだそうです』

天幕の外を覗きに行ったミレナが、戻ってきて告げた。

ここに囚われてより、覚悟していた時が来たのかと、カイは少しやつれた顔を上げる。

今日も女性もののドレスを身につけ、首許に太めの飾りリボンを巻いたカイは、ティアラ代わりの金の縫い取りのついた帽子から、顔の前にベールを垂らした。

『これで大丈夫か？』

ミレナを見上げると、侍女は深く頷く。

『今日もお美しくていらっしゃいます』

男には見えない、なんとか女に化けられているという評価さえもらえれば十分だが、ミレナは浮かないカイの気分を晴らすためか、過剰なまでの言葉をくれた。

カイは頷き、入り口の幕を掲げて待つサザーンの許へ行く。

ミレナとヤナがそれに続こうとしたが、サザーンはそれを遮った。

「侍女殿はこちらでお待ちください」

『姫をお一人にするわけにはまいりません』

言葉は通じずとも、お前達は通さないという意味はわかったのか、気丈なミレナが言い切るが、サザーンは首を横に振る。

「我が皇子は姫をお呼びなのです」

でも…、とミレナがさらに食い下がるのに、カイは大丈夫だと首を横に振る。

「姫君はこちらへ」

サザーンが案内したのは、エルヴァンの天幕からさほど離れていない場所だった。

そこでは今日もカフカスの黒い長衣《チョハ》をまとった皇子が、馬の横で地図らしきものを手にかたわらの男達と共に何か話し込んでいた。

「姫をお連れしました」

サザーンが声をかけると、皇子は振り返る。

「姫、朝からこんな話で申し訳ないが、そなたの城が落ちた」

ヒュッ、とカイの喉から短い声が洩れた。

カイはとっさに、その口許をベール越しに覆う。

エルヴァンはわずかに目を眇めただけで、そんなカイに嫌味も必要以上の慰めも言わなかった。

ただ、最初に会った時同様、乾いた目を淡々と向けてくる。まるで何か石や木でも見るような目だった。

カイはそんな男の前に、為《な》す術《すべ》もなく立ちつくす。

敗国の人間とは、ここまで無力な存在なのだと心底思い知らされてもいた。

しかし、この瞬間はあらかじめ、予想していたはずだ。

そもそも、城を出る時、すでにシルカシア城の誰もが敗戦を覚悟していた。そのため、カイはシルカシアの国の再興を命じられ、城を出された。

「私はこれから、そなたの父の首を検《あらた》めに行く。そなたの家族だ。最後に会いに行くか？」

首を検めると聞き、予想していたことながらカイは一瞬、目の前が暗くなるのを感じた。

ぐらりと身体が揺れかけるのを、カイは何とかこらえて踏みとどまる。

「その様子では、ここにいた方がよさそうだな」

そんなカイを一瞥《いちべつ》した皇子は地図を横の男に手渡すと、そのまま鞍《くら》をつけた馬に乗る。

すぐ後ろにあの長身の顔に傷のある目つきの鋭い男と他の騎馬兵数名を従え、皇子はそのまま行こうとする。

どうか…、とカイは細く声を上げた。

声で男とばれてしまう危惧《きぐ》よりも、城の最期《さいご》、民の最期、そして家族らの最期を見届けたいという気持ちの方が勝った。

「どうか、私もお連れください」

サッファビーアの国の言葉を紡ぐカイの震える声が耳に入ったらしく、皇子は馬の頭を巡らせた。

「惨《むご》いものを見せるかもしれぬぞ」

「かまいません」

前へと一歩踏み出すカイに、男はしばらく黙って馬上からこちらを見下ろしてきたあと、手を差し伸べてくる。エルヴァンに引き上げられるようにして、カイは男の前に横座りに座った。

見た目以上にしっかりした身体つきの皇子の胸に、ぴったりと身体が添うように収まってしまうが、今はすぐにそれも意識の外となる。

エルヴァン皇子も密着したカイの身体にとりたてて感慨もないようで、何も言わず、ただ配下の兵を率いて森の中をカイが生まれ育った城へと向かう。

森を抜けて高台にある城を見た時、カイは色を失った。城の門があった辺りの壁は大きく崩れ、堅牢な石造りの城も半ばまで崩れて内部が剝《む》き出しになっている。その崩れかけた塔の上に大きく翻るのは、憎きサッファビーア帝国の旗だった。

小国とはいえ、在りし日の豊かな国、そして周囲の山々と調和の取れた石造りの素朴な城の様子を思うと、胸が震える。

カイは思わず顔を覆っていたベールを払い、崩れた城の様をつぶさに見てとろうとする。

見るも無惨な城の様子は近づくにつれ、はっきりとわかった。敵兵らが城の周囲や壁で立ち働く様子は見えるが、愛しきシルカシアの民の姿はない。生まれ育った国は滅びてしまったのだと、カイは背後から手綱を操るエルヴァンの腕の中で、ただ呆然と近づきつつある城を見ていた。

兵を率いてやってくるエルヴァンの姿を見ると、サッファビーアの兵らは作業の手を止め、胸に手をあてがって敬意を表してくる。

出迎えのためなのだろう、城の中から髭《ひげ》を蓄えた武将らしき男が部下を複数名従え、エルヴァンに向かって出てくる。

エルヴァンは崩れた門の前で馬を止めた。

「カザス王は？」

「主塔です」

手綱を取った男が示すのに、エルヴァンは馬を下り、さらにはカイを下ろすために腕を伸ばしてきた。カイは黙ってそれに従い、エルヴァンに抱き取られるようにして馬を下りる。

皇子が女を伴ったことが珍しかったのか、武将が尋ねてきた。

「こちらは？」

「シルカシアのアイラ姫だ」

「おお、あの美姫と名高い…」

驚いたような目を向けてくる武将から、カイは目を逸《そ》らした。さっき、不用意にベールを取り払ったことを後悔する。さりげない振りを装ってベールを戻す前に、一瞬エルヴァンと目が合ったが、エルヴァンは武将ほどに興味深そうな表情は見せなかった。

「王の許へ」

エルヴァンにさらに促され、武将は先に立って、まだ戦いの跡が生々しく残った城の中へと向かう。崩れ落ちた城の中は、城の外以上に敵も味方も無惨な遺体がいくつも重なり、時には血だまりができて、目を背けたくなるような惨状だった。

しかも、思わず鼻を覆いたくなるような酷い血の臭いがする。

いったい、この城でどれだけ大量の血が流されたのだろうか。

「姫君にはいささか過酷な修羅場でございますが…」

大丈夫かとエルヴァンに武将が尋ねる。わずかながら、皇子はカイを振り返る。

「外で待つか？」

遺骸を外に運び出すという意味だろうが、カイは首を横に振った。

「いえ」

父や母が命を落としたその場所を、見ておきたかった。

エルヴァンはわずかに頷くと、かまわず進むように武将を促す。

遺体の折り重なった城内、階段、広間と進んでゆく中、見知った者達が何人も息絶えているのを見た。

一人一人に走り寄り、泣き声を上げたくなる気持ちを懸命にこらえ、カイは進む。

「こちらです」

武将の声を聞くまでもなく、城が攻められた時の最後の砦《とりで》である主塔の三階部分で、カイは剣を手にしたままで床に倒れた父の姿を見つけた。

「…！」

声にもならない声を上げ、カイは一目散に父の許に走り寄る。

身体中に傷を受け、目を見開いた無念そうな表情で父は息絶えていた。口から溢《あふ》れた血はすでに赤黒く固まっている。

カイはドレスの汚れるのもかまわず父の頭を膝に抱え、懸命にその見開いた目を手で閉ざそうとした。

「隊長、目を閉ざしてやってくれ」

エルヴァンに声をかけられ、隊長は失礼して…、と短く断り、カイに代わって父王の瞼《まぶた》を閉ざしてくれる。

「姫、父君に間違いないか？」

エルヴァンの低い声は忌々しいほどに冷静だった。

これははたして慈悲なのか、単なる確認なのか、それともただ一人、城を抜け出そうとした自分への見せしめなのか…、カイは答えることもできず、床に力なく座り込んで血で固まった父の髪をただ撫でていた。

「王妃はこの上の階に」

隊長の声に、カイはぼんやりと顔を上げる。この主塔に追い詰められた以上、残った女達は最上階にいたはずだった。父は最上階を守ろうと、この階で決死の戦いをしたのだろう。

ならば…、とカイは最後に別れた母を思う。

侵略した国では凄まじいまでの強奪と殺戮《さつりく》、そして凌辱をするといわれるサッファビーアの兵から女達を守るのが、母オルガの役目でもあったはずだ。そして、その母に城が落ちるとわかった以上は…、とカイは父のかたわらから、ふらりと立ち上がる。

カイは無言で狭い階段を上がった。

階段の半ばから、血とは異なる独特の死臭がしていた。

カイにはすでにこの階段の先がどうなっているのか、頭の中ではわかっていた。

ただ、確かめずにはいられなかっただけだ。

薄暗い最上階には、階下以上に悲愴《ひそう》な光景が広がっていた。主塔に移った時点で、もう勝ち目はないと覚悟したのか、毒を呷《あお》って死んだのだろう女達が折り重なるようにして倒れている。いずれも、哀れなほどに青紫に変色した顔をしていた。

独特の臭いは、毒が女達の臓腑《ぞうふ》を侵した臭いだった。

肩の上で短く髪を切ったオルガは、その中心で若い侍女らの肩を励ますように抱き、やはり青ざめた顔で横たわっていた。

「母上…」

呟いたカイは折り重なった女達にそれ以上進むこともできず、顔を覆ってその場にずるずると座り込んだ。


カイがはっきりと意識を取り戻したのは、城の外の壁代《かべしろ》のない天幕の下だった。

やや奥まった肘つきの椅子に座らされている自分から少し離れ、黒のチョハをまとった黒に近い髪色の男が、こちらによく整った横顔を見せて座っている。

一瞬、同胞かと思ったが、カイはすぐにそれが敵国の皇子であることを思い出した。

気を失ったのではなく、しばらく放心しきっていたらしい。

エルヴァンが何度か声をかけてきたこと、最終的に腕を取られるようにして主塔の階段を下りたことは覚えている。

その後もエルヴァンが隊長に指示を与えたこと、城の外へと肩を押されるようにして連れ出されたことも、断片的ながら覚えている。

ただ、カイはかなり長い間、茫然自失《ぼうぜんじしつ》の状態に陥っていたようだった。手にはエルヴァンによって握られたらしき、香りのついた白い布がある。気付け用なのか、かなり強めの芳香だった。

「落ち着いたか？」

身じろぎしたカイに気づいたのか、エルヴァンが振り向く。

カイはそれにかすかに頷くにとどめた。もう、男に向けるべく言葉もない。

せめて、城を救ってくれと頼めばよかったのか。

頼んだところで、すでに巨大な軍事帝国が攻め入ってきている以上、城の皆が無事にいられるとはとても思えなかった…、とカイは空虚な思いで考え続ける。

水に恵まれ、緑の豊かな美しい祖国は、大国に目をつけられた時点で滅び去る運命だったのだろうか…。

かたわらには、水の入った水差しとグラスが置かれている。言葉をかけられ、そこに置かれたことは覚えているが、手を伸ばす気にもなれなかった。

天幕から少し離れた箇所では何人かの兵士らが穴を掘っているのが見える。あの穴は何のためなのか、ただぼんやりとカイは考える。

今はそこに自分が入れられるためだとわかったとしても、何の感慨もない。

「そなたの父や母を埋葬するのは、あそこでいいだろうか？」

再度、エルヴァンに尋ねかけられ、カイはようやく顔を上げる。

何度かエルヴァンに同じ問いを向けられていたことが、今になって意識できた。

「そこならば、城も見えるかと思ったのだが…」

その後、男はカイへと目を向けたまま、口をつぐむ。半ば崩れ落ちた城をどうかと思ったのか、何を思って黙ったのかは知らない。

カイは兵士らが穴を掘る辺りへと視線を巡らせ、再度、城へと視線を戻す。

正直なところ、自分が父母を見送る日、その遺体を埋める日が来ることなど、これまで考えたこともなかった。

少し離れた山辺の地に先祖らの宗廟《そうびょう》はあるが、それを敵国の皇子に教える気にもなれない。

「…首は、晒《さら》されるのだと聞きました」

カイはベールの陰で呟く。

三十年ほど前、同じカフカス地方の西部にあった国がサッファビーア帝国の侵攻を受けた時、逆らった王族らは皆、首を晒されたのだと聞いた。

カフカスだけではない。サッファビーア帝国よりもさらに南方の国でも、負けた国の王らは皆、遺体を晒しものにされてきたのだと聞いている。

だからこそ、サッファビーア帝国の軍は残忍無比だと忌《い》み怖れられてもいる。

もっとも、北の大国ルーシの軍が通ったあとは何もかもが奪われ、焦土とされて、城や街はおろか、草の一本も残らないと言われているし、かつて東の草原の地を駆けた遊牧民らの血を引くというティムールは、捕虜とした一万人の幼児らをすべて馬車で轢《ひ》き殺したという。恐ろしいのはサッファビーアばかりではない。

どの国でも、自分の国に逆らえばこうなるのだという見せしめも兼ねて、敗者に対して残忍な仕打ちを行う。さらに勝利に沸く自国の兵らへの報奨も兼ねて、略奪や残虐行為はむしろ奨励されてさえいた。

黒海の向こうのワラキア公国のヴラド公は、逆に攻め入ってきたサッファビーア軍を撃退し、その兵らの大量の遺体を串刺しにして晒し、今もテュルク語で串刺し公《カズィクル・ベイ》と呼ばれ、怖れられていると聞いた。

それも我が国に対して攻撃の意図を見せる者は、皆、こうなるのだという他国への見せしめと強い意志表示法だった。残忍であればあるほど、相手の攻撃意志を削ぐことになる。

「そうされた国もあった。その方がいいのか？」

ベール越しにカイが見るエルヴァンは別にそれに気分を害した様子もなく、他人事のように淡々と尋ね返してくる。

「…いえ」

カイは力なく首を横に振る。

敵とはいえ、それなりに父母に敬意を払って埋葬してくれるというのなら、その方がよほどありがたい。

カイがふらりと腰を上げかけると、皇子も立ち上がり、黙って手を差し伸べてきた。

おそらく王族の姫として気遣っているだろう男の手に、カイは一瞬、躊躇《ちゅうちょ》する。

もう、こうなっては王子だとばれてもいいような気がしたが、崩れかけた城を前に父母の埋葬を思い、黙ってその手に自分の手を重ねた。

そのまま、王女としての節度ある距離を保って足を進める。

エルヴァンはカイの意図を見極めるためか、こちらへと顔を向けてきた。

そして、カイが視線を向けている方角が兵士らの掘る穴であることを見定めると、黙ってカイをそちらへと導いた。

横に並ぶと、皇子はカイよりも頭半分ほども高かった。

背の高い人だ、とカイはそれだけを思った。今はただ、それしか思えなかった。

その皇子に手を引かれ、カイは兵士らの許へと向かう。

黙々と穴を掘り続ける兵士らに気を取られていて気づかなかったが、そのかたわらの天幕の下には棺《ひつぎ》が三つほど置かれていた。

まだ掘り下げる途中の穴の手前で、皇子はカイをその天幕の下へと導く。

「父君、母君、兄君で間違いないか？」

まだ蓋《ふた》の閉じられていない棺を前に、男は抑揚のない声で尋ねてくる。

遺体についた血は拭われ、父も母も胸の前で手を重ね合わせている。

そして兄も、誰がこれをヘイダルだと知らせたのか、父母と並んで同じように胸の前で手を重ね、棺の中に横たえられていた。

しかし不思議なことに、ヘイダルの身体は胸から下が刺繍のあしらわれた布で覆われている。それがなぜなのかと、カイは考える間もなく手を伸ばしていた。

その手を横からエルヴァンの手が遮る。

「やめた方がいい、惨いものを見ることになる」

カイは自分の手を押さえた男の顔を、ベール越しだがすぐ近くにまじまじと見ることとなった。

「腰から下がない」

緑色の目を持つ皇子は、カイと目を合わせたまま、淡々と低く言う。

カイは目を伏せ、勇敢だった兄の冷たくなった手を無言で固く握った。

そして、なぜ、果敢に国を守って戦った兄がこうして無惨な姿で横たわり、家族らによって逃がされた自分がこんな姿でおめおめと生き延びているのかと、カイは続いて青ざめた母の美しかった顔をそっと撫でた。

毒のせいだろう。その眉は苦悶《くもん》するように、強く寄せられている。いつもやさしい微笑みをたたえていた唇は青黒く変色して、どれだけ苦しんだのかと思うと、ひたすらに涙がこぼれてきた。

そして、傷だらけの父を見ると、カイはもう立ってもいられなくなった。

棺に縋《すが》り、嗚咽《おえつ》をこらえるために、必死で唇を噛む。誰の名を呼べばいいのかすら、わからない。

「弔《とむら》いのために、そなたの女官らもここへ連れてこさせよう」

エルヴァンが低く呟くのを、カイはただ聞いた。

男が何か采配し、並んだ三つの棺の前に布のかけられた長いテーブルが置かれた。そこに香油の壺と燻《くゆ》り立つ香《こう》、葡萄酒、いくつもの蝋燭《ろうそく》、そして誰かに摘ませたのか、三つの花瓶にいっぱいの花が並べられる。

カイの国の葬儀法とは異なるが、これが男の国で死者に丁重な敬意と弔意を示す方法であることはわかる。

天幕の下とはいえ、本来は屋内で灯されるだろう蝋燭の炎が、昼の陽の光の下で風に仄揺れているのを見るのは不思議な気分だった。

あまり衝撃や哀しみが強すぎると、思考が停止してしまうのだろうか。用意された椅子に座ったカイは、ただひたすらじっと蝋燭の炎を見つめていた。

すぐ後ろでは連れてこられたミレナとヤナが、泣き崩れている。

エルヴァンには国教でもある正教の主教《しゅきょう》をどこかから呼ぶかと尋ねられたが、城の礼拝堂と共に主教もそこに逃げ込んだ民達も皆、死んでいる。

もしかすると、男に頼めばどこか残った村落などから数日かけても主教を探してきてくれたのかもしれないが、今は早く両親と兄を安らかに眠らせてやりたかった。

カイは立ち上がると、花瓶に活けられた花を、せめてもの手向《たむ》けにそれぞれの棺に移した。途中から、泣き崩れていた二人が立ち上がり、一緒になって花を棺に移す。手を動かし続けていた方が、まだこの哀しみが紛れるとでもいうように……。

カイは父と母、そして兄の額に、用意された香油を指先でそっと塗ったあと、ベールを外し、それぞれの額と頬に口づける。

そして、最後の名残《なごり》に懸命にその頬を撫で、温もりを失った手を握りしめた。

『ミレナ、ヤナ、よければ別れを』

カイはかたわらの侍女二人を振り返る。

そして、二人が両親らに別れを告げている間に、ベールを下ろした。

エルヴァンはその間、天幕の外で両手を前で重ねたまま、やや目を伏せ、じっと立っていた。

身につけた黒いチョハのせいだろうか、その姿はまるで同胞の死を悼んでもいるように見える…、カイはベール越しにエルヴァンの姿を見た時、そう思った。

意図はわからない。一国を滅ぼした男の、せめてもの悔恨《かいこん》の念なのだろうか。それとも、表面上そう装っているだけなのだろうか。

亡国の女達が身内を弔う間、特にすることもなく、ただそうして立っているだけなのだろうか。

ならば、まるで死神のような男だとも思う。

二人の侍女達が両親に別れを告げたあと、カイはエルヴァンとサッファビーアの兵隊長らによって棺の蓋が閉じられるまで、棺のすぐかたわらにいた。

そして、父母、そして兄の棺が土中に埋められるのに無言で立ち会った。

それが家族の埋葬だった。

シルカシア王家の埋葬が終わると、両親らの棺が埋められた場所からやや離れた箇所に、さらに深くはるかに広い穴が掘られ、城内から運び出された遺体が投げ入れられてゆく。

疫病《えきびょう》が流行《はや》るのを敬遠してのことなのだろう、サッファビーア軍の仕事は迅速だった。

投げ入れられる遺体の中にはミレナの老いた父、そして、ヤナの夫となるはずだった、城の守備隊の男の亡骸《なきがら》もあった。

二人の女官は呻き声、続いて叫び声を上げる。穴のかたわらに走り寄り、遺体に縋りつこうとするのをサッファビーアの兵士らに制止され、やや離れた位置まで手荒く押し下げられた。

カイは思わず二人に走り寄り、兵士らの手を払いのけ、ミレナとヤナを背後に庇う。その身体に兵士らの粗野な手が伸びた。怒声と共にカイは腕をつかまれ、信じられないほどの強さで地面へ引き倒された。

「やめろ」

背後から声がかかる。兵士らの乱暴を制止したのはエルヴァンだった。

男は地面に引き倒されたカイを起こすと、汚れたドレスの裾の泥を払った。

「姫、ここに長くいるのはお辛かろう。けして、見ていて楽しいものではあるまい。そなたの国の民とわが国の兵士らのものも合わせると、遺体の数は膨大だ。疫病の流行る前に作業を終わらせようとなると、どうしても丁重にとはいかない。急がねばならない。それでも鴉《からす》や野犬らに荒らされるくらいなら、私は彼らを土の下に埋葬したいと思っている」

乾いているが、どこか翳《かげ》のある声で言われ、カイは男の真意を探ろうとその緑色の瞳をベール越しにじっと見る。

「身内や顔見知りの者らを乱雑に扱われるのは辛かろう。天幕に戻られるなら、馬を用意しよう。そなたの女官らと共に、サザーンに送らせる」

いえ…、という声が思わずカイの口を衝いて出る。

「ここにおります」

これが自国の民の最期の姿なら、自分には辛いからと逃げ帰らずに見届けなければならない義務があると思った。

「そうか」

エルヴァンはそれをどう思ったのかは知らないが、短く答えた。

「ならば、好きにするがいい」

次は男はカイに椅子を勧めなかった。文字通り、好きにすればいいと思ったのかもしれない。その代わり、男も座らなかった。

ただ、カイとは少し離れた位置で立ってさっきのように身体の前で手を組み、シルカシアの民ばかりでなく、城外で折り重なって息絶えていた自国の兵らが穴に投げ込まれてゆくのを、半ばまで目を伏せ、じっと見ていた。

カイもやはり同様にその場に立ち、身体の前で手を組み合わせ、かつて日々を共に過ごした城の人間達、そしてサッファビーア軍から逃れてシルカシア城に救いを求めて逃げ込んできた民らの最期の姿を見ながら、夕暮れまでじっとその場に立ちつくし、その魂の平安を祈った。


陽もすっかり落ち、夜になって天幕に戻っていたカイらの許に、エルヴァンからいくつかの届け物があった。

一つは、姉のアイラのドレスの入った櫃《ひっ》だった。

『これはアイラ様の…』

城から持ち出したらしき櫃をヤナと共に開けたミレナが、中から一枚一枚、ドレスを取り出しながら呟く。

それは目を見張るほどに美しい青のドレスだった。光沢のある生地は張りがあり、細い腕の付け根から先に向かうにつれてたっぷりと布を取って広がった袖と、絞った腰の細さをひときわ引き立てるサシェ、そして動くたびにふわりと円錐状に広がるように襞を取ったドレスの裾との均整が非常にうまくとれていて女性的なラインを作る。

胸の前の凝った銀糸の刺繍飾りが、全体的にはシンプルなドレスの仕立ての中、とても目立って上品なアクセントとなっていた。

ドレスには対となるよう、同じ素材で王冠型のヘッドドレスが作られ、こちらは銀糸の刺繍と光るビーズで華やかに仕立てられている。後ろには編み込んで長く下げた髪の上にふわりとベールをかけられるような飾り釦も取りつけられていた。

おそらくはオルガの部屋、あるいはアイラ自身の部屋にしまわれていたものだ。アイラ亡きあと、その身のまわりの整頓をしたのはオルガだったので詳しいことはわからないが、あの男が城の中を探させたのだろう。

『アイラ様のドレス…、これは姫のお誕生日に間に合うよう、オルガ様が生地をお選びになって、自ら針を持って縫っていらした…』

ミレナが呟くと、ヤナも頷く。

『そう、美しい青が姫様の目の色に合うでしょうと喜ばれて…』

カイは女達の思い出話に自分の知らなかった母や姉の周辺の、幸せな日を思う。母は姉を失った時、深く嘆き哀しんでいたが、今、こうして城から逃がされても捕らわれた自分を思うと、あの時、姉は母に看《み》取《と》られて死んでいてよかったかもしれないと、カイは重い溜息をつく。

確かに姉の死は母を嘆かせたが、姉が捕らわれてサッファビーアの後宮に女奴隷として連れてゆかれ、男達の慰み者になる可能性など、想像するだけでも母を苦しめただろう。

他にはミレナとヤナの着替え用にか、女官用のドレスが入った櫃がもう一つと、そしてオルガの部屋の宝石箱、裁縫箱が櫃の中から出てくる。

オルガの宝石箱は荒らされた形跡もなく、母の大事にしていた宝石が揃《そろ》っていた。裁縫箱を開けたミレナが、小さく言った。

『…これで、姫様のドレスをカイ様のサイズにお直しできますね』

とっさに意味がわからず、カイは疲れたような声を出すミレナを見る。

『本当に、どこまでも粗野で野蛮な男達が…!』

普段はおとなしいヤナも吐き捨てるように言う。

『まがりなりにも一国の姫君のお姿を取られた方を、あそこまで乱暴に扱いますでしょうか⁉』

そう言われて初めて、カイは昼間、二人を庇おうとして自分が兵士らに地面の上へ引き倒されたことを思い出す。

悲鳴を上げる間もない、あっという間のことで逆らうこともできなかった。エルヴァンが制止するまで、腕をつかまれ、ただ地面を引きずられていた。

エルヴァンが払いはしたものの、掘り返した土の上を荒々しく擦《す》ったドレスは半分以上、黒土の色にひどく汚れてしまっている。カイばかりでなく、ミレナやヤナのドレスも、カイほどではないがやはり同様に土に汚れていた。

女官用のドレスが入っていたのは、このためなのかもしれない。

今となっては、敗国の姫やその侍女らのドレスに気を払う者がどれほどいるのかはわからないが…。

『そういう国の人間なのですよ！　己の身分もわきまえず、女と見れば見境なく！』

ミレナはカイの肩に後ろからアイラのドレスをあてがい、丈を計りながらなおも吐き捨てた。

そこから女達は哀しみと憤りのためか口をつぐみ、ただ黙々とアイラのドレスの裾と脇とを解きはじめる。やはり、何かをしていた方が気も紛れる、あるいは気持ちの整理をつけるためにひたすらに手を動かし続けているのか。

カイが溜息と共に姉のドレスの入っていた櫃を探ると、父が式典時に戴《いただ》いていた王冠とマント、それに兄とカイの部屋にあった書物が数冊、中から出てくる。

シルカシアでは書物は非常に稀少なものだ。特にカイが大事にしていた本は、今は亡き祖父から代々家に伝わる価値ある書物なので大事にせよと与えられたもので、職人によって丹念に色づけされた厚い物語本だった。

所々、金箔《きんぱく》が剝げかけてはいるが、それでも祖父に贈られた時にこの本には馬十頭以上の価値があるからと言われた本だった。

カイはそっとその表紙を撫でる。

『…礼を言った方がいいのだろうか？』

『今さら……！』

憎々しげに言ったのは、ミレナだった。はっきりとした大きな瞳いっぱいに涙を溜め、口惜しげに唇を震わせる。

『あんな敵国の将に、何をおっしゃることがあるでしょうか？　あの男が、そしてあの男の率いた軍隊が、私達の国をここまで滅茶苦茶にしてしまったのです！』

確かにその通りだと、カイは視線を揺らす。

『……それでも、家族と城の民らを埋葬してもらった。その礼だけは言っておかなければならないのではないだろうか？』

『何か策でもあるのではないでしょうか⁉　サッファビーアの人間のくせに、ずっと長衣《チョハ》をまとっているのも尋常ではありません！　きっと何かよからぬことを企んでいるに違いありませぬ！』

ミレナの声が尖っている。

『自国の兵士らも共に埋葬していたのに？』

『放っておけば遺体は腐敗し、病《やまい》も流行ります。それ以上の意味がありますでしょうか？　こんなおためごかしの情けを見せられたところで、この何もかもを奪われた憎しみが癒《い》えようはずもありません！』

『……確かにその通りだ』

ここ数日の疲れと哀しみがここにきてどっと感じられたカイは、昔、戯《たわむ》れに母のドレスの裾にまとわりついたことを思いながら、他に二着ほど入れられた姉のドレスをそっと撫でる。

はっきりとした確信があったわけではないが、両手を身体の前で重ねた姿勢で、やや頭《こうべ》を垂れていた男は、土に埋めた兵士らの死を悼んでいるように見えた。

そしてあの男は、その前にカイの父母や兄を埋葬する時にも、そうして同様の姿を取っていた。あれは両親や兄の死に弔意を示すためではなかったのだろうか。

男はそうだとは説明しなかった。言葉では何も伝えられなかった。

それにミレナやヤナの言う通り、仮に男がカイの家族やシルカシアの民に対して弔意を示したからといって、あの男がシルカシアの国を攻め滅ぼし、民らの命を奪ったことには間違いない。

しかし…、とカイは混乱しながらも、家族の葬儀の手配、そして他の民の埋葬を行ってくれた礼だけは伝えておかなければならないと思った。

それに今となっても、まだかいがいしくカイのために動いてくれているこの二人のためにも…。

『やはりエルヴァン皇子に目通りを頼む』

カイは天幕の中では上げていたベールを下ろしながら、立ち上がる。

姉のドレスを手にしていた二人は、どこか非難するような目を向けてきた。

『これから先のことを頼んでおかねば』

自分はせめて残されたこの二人を助けねばならないのだと、カイが天幕を出ようとすると、ミレナとヤナは顔を見合わせ、黙って鋏《はさみ》や針を置く。

そして、カイの前に両脇から天幕の入り口の幕を掲げた。

エルヴァンの天幕まで礼に行きたい旨《むね》を、カイらの見張りについている兵士に伝えると、しばらく待たされたのち、サザーンと共に五人の迎えの兵士が寄越された。

三人はサザーンらと共にエルヴァンの天幕へと向かう。

ちょうど軍を率いる隊長らとの話が終わったばかりらしく、カイと入れ違いに何人もの軍人達が出てゆく。何かの計測機器なのか、それとも未知の武器なのか、見たこともないような鉄製の道具を抱えた者達も複数出てきた。

そのせいか、カイについてやってきたミレナとヤナは外で待つように命じられた。

カイが天幕の中に招き入れられると、男はあいかわらず黒のチョハをまとったまま、長椅子の上にいくつかの円筒状のクッションを重ねてその身を預け、脚を伸ばしていた。

かたわらではあの目の上に傷のある背の高い男が、卓上に広げられていた図面を丸めている。常にエルヴァンと共にいるのはサザーンと同じだが、比較的口数の多いサザーンとは異なり、まだ口を開いたのは一度しか見たことがない。

カイはエルヴァンの前で一礼すると、できるだけ声を女性のように作って、両親と兄、そしてシルカシアの民らを埋葬してもらったこと、家族の形見を届けてもらった礼を述べる。

「あえて礼を言われるほどのことではない」

エルヴァンは断ると、訝《いぶか》るような目を向けてくる。

「そのためにわざわざここへ？」

いえ…、とカイは男の前に片膝をつく。

「一つお願いがございます」

エルヴァンはわずかに目を眇め、片手を揺らして先を促しただけだった。

やはり、という程度の表情なのだろうか。

「せめて私の二人の女官と、共に捕らえられた二人の兵士の命を救っていただけませんでしょうか？」

エルヴァンはやや首をひねった。

「そなたの命乞いはしないのだな」

それにどれほどの意味があるのか、エルヴァンは淡々と呟く。からかうわけでもなく、尋ねかけているでもない。単に疑問を口にしただけのようだった。

女官二人と共に城を出た兵士、この兵士についてはすでに殺されているかもしれないという気持ちはあったが、その四人を救って欲しいという願い以外、極力口を開くまいとしていたカイも、思わず呟く。

「…お願いすれば、聞き届けていただけたのでしょうか？　私の国を救っていただけたのでしょうか？」

頼んで聞き入れられるものならば、民を守ろうと最期まで必死に戦った父、貞操を守るために立てこもった女達と運命を共にした母、そして下肢を失った状態で見つかった兄、折り重なって息絶えた国の人間を救って欲しかった。

今、ここに為す術もなく膝をつくしかない自分の代わりに救って欲しかった。

「いや…」

男は低い声で答えたあと、冷淡にも思える目でカイを見る。

「最初に降伏を勧めた時、そなたの父はなぜ応じなかった？」

答えを求めているというより、自問に近い形だったが、カイはもうほとんど声を取り繕う気にもなれず、ベールの陰からくぐもった声で答えた。

「自国の民を他国の奴隷とされ、好きなように蹂躙《じゅうりん》されるよりも、民と最後まで戦うことを選んだだけです」

それをどう思ったのか、エルヴァンはわずかに目を細めて首を傾けた。

「王は、王を殺さぬ」

「殺さぬとはいえ、位を奪って軟禁し、殺すも同然の扱いをするではありませんか」

「それが古来よりの戦の倣《なら》いというものだろう。そのために、どの国も必死で戦い、あるいは阿《おもね》り、あるいは他国と結んで生き残ろうとする。国とはそういうものだ。そして、それを統《す》べる王には、常にその責がついてまわるものだろう？」

淡々と指摘してくる声にカイは眉を寄せ、ほとんど呻くように答える。

「小さき国とはいえ、ささやかながら私達はこの地で平和に暮らしていたのです。…あなたの国が攻め入ってくるまでは」

「そうだな」

カイの言葉に納得したのかどうかはわからないが、エルヴァンは椅子に腰かけたまま頷いた。

そして、小さく溜息めいたものを洩らした後、カイへと再び目を向けてくる。

なぜかその時、皇子の視線をまともに受けとめたカイは、この皇子の瞳は鮮やかな緑色なのだと思った。

とても印象的な色の瞳で、敵国の人間でなければ純粋に賞賛できただろう美しい緑の瞳だ。だが今のカイ

にとっては、恐ろしい悪魔にも似た征服者の色だった。

「そなたの身は明後日《あさって》、兄の許に届ける。出立の準備をしておくがいい」

「出立……？」

とっさに何を言われたのか理解できず、カイは皇子の言葉を繰り返す。

「そうだ」

それだけ言うと、エルヴァンはこめかみに指を当てて瞼を閉ざし、口をつぐんでしまう。

どこへとも、何のためにとも応えるつもりはないようだった。

椅子の肘掛けに身をもたせかけ、そのままずっと何かを考えているのか、あるいは瞑想でもしているような様子のエルヴァンを、カイはしばらくただ見守る。

その耳に勝利に沸き、浮かれ騒ぎ、踊るサッファビーアの兵らの賑やかな声が聞こえてくる。あの軍楽隊の不気味な歌とは異なり、手を打ち鳴らし、地面を踏み鳴らして陽気に笑い、もっと楽しげに騒ぐ声だ。

なのに、この人はどうしてここまで疲れたような顔を見せるのだろうとカイは思った。

どこか哀しみや諦めに近いとでもいうのだろうか。

一国を攻め滅ぼし、抵抗した王族らも城に立てこもった民らもほとんど皆殺しにしたというのに、どうしてそこまで沈んだような表情を見せるのだろうか。

どうしようもなく憎むべき男なのに、そうして座る姿には、どこか生まれ持った風格、佇まいがあることはわかる。歳若い分、父王カザスが備えていた貫録、威厳とはまた違うが、知性や年齢以上の落ち着き、そして、限りなく上品なくせに多少のことでは動じなさそうな胆力を感じさせる相手だった。

サッファビーアにしては驚くほど少ない軍勢で、小国とはいえ、目的の一国を落としたというのに、なぜ、この男はこんなに辛そうな顔をしているのだろう…。

無言でそこから動けずにいるカイを見かねたのか、サザーンがそっと声をかけてきた。

「エルヴァン皇子」

呼びかけられ、エルヴァンはようやくカイに気づいたように、再び視線を戻してきた。

「姫、もう遅い。疲れただろう、天幕に戻られよ」

なぜかその声は、カイ以上に疲れているように聞こえた。

立ち上がったカイは膝を軽く折り、退室の挨拶《あいさつ》をすると、サザーンに伴われて天幕を出た。


『姫様！』

エルヴァンの天幕の外でじっと待っていた二人の女官は、カイの姿を見るなり走り寄ってくる。

二人のドレスは汚れ、髪は乱れてしまっている。華美ではなかったが、かつて母の統率の下、すっきりとした上品な物腰が近隣国にも評判だったシルカシアの女官達を思うと、二人の姿はあまりにも惨《みじ》めなものだった。

カイはドレスの汚れなど気にならないが、シルカシア城に勤める女官としての矜持のあった二人には耐えがたいものだろうと、カイは今にも泣きだしそうな二人の肩を抱きしめる。

そんな二人には、明後日、さらに別の先もわからない場所へと連れてゆかれるのだとは、これからの悲愴な流転の運命を示唆するようで言いづらかった。

『ご無事で⁉』

『無体はされませんでしたか⁉』

見てくれがアイラに似ているせいか、ミレナとヤナはまるで本当に姉のアイラを気遣うように尋ねてくる。

『大丈夫だ、何もされてない』

カイは二人の手を握りながら、低く耳打ちする。

『ようございました』

『ずっと出てこられないので、心配で…』

今はこの二人にとっても自分は支えなのだろうかと、カイは二人の肩を撫でながら頷き、さらに歩いた。

この状況では、いったい何のための支えかもよくわからないが、とカイは自分よりも背の低い二人と共に天幕へ戻る。

カイはベールを外しながら、二人をねぎらった。

『今宵はゆっくり休んで、明日、起きたら身のまわりのものをまとめよう』

『整理する…、という意味でございますか？』

ミレナが乱れた髪を撫でつけながら、首をかしげる。手許に戻されてきたアイラやオルガ、カザスらの遺品を整理するという意味だと思ったらしい。

『ああ、明後日、ここを発って、エルヴァン皇子の兄の許に連れてゆかれるらしい。行き先はどこかはわからない』

カイの言葉を聞くやいなや、ミレナはすさまじい形相で表へ取って返した。

そして、表の兵士らと何かやりとりしていたサザーンを捕まえて尋ねる。

「エルヴァン皇子から、明後日の出立の用意をするようにとのお言葉があったそうですが！」

実にたどたどしい、所々はシルカシア語が交じった片言のテュルク語で、ミレナはそれでもサザーンに言葉をぶつける。

それでもこの時、カイはよくミレナがここまでテュルク語を話せたものだと思った。

「ええ、今回の遠征軍の総指揮をなさっている、ラヒム第一皇子のご意向を伺《うかが》うためだと思われます。シルカシア制圧の報告と共に、アイラ姫の身をラヒム皇子の許にお届けすることになります」

「それはどういう意味でしょう？」

自分よりも歳上の侍女に食い下がられ、サザーンは愛嬌《あいきょう》のある顔でやや困ったように笑ってみせる。

「要するに、姫の今後の身の振り方を決めるのは我が皇子ではなく、兄君の第一皇子だということです」

ミレナは小さく息を呑む。

カイも身体を硬くしたまま、じっとそこに立っていた。

まだ見たこともない第一皇子は、姫と偽って赴く自分をいったいどう扱うのだろう。そこに道があるようにはとても思えない。女でないとばれて殺されるか、それとも人質、あるいは奴隷として扱われるのか。

敗国の姫に人質としての価値があるとはとても思えないが…。

「それでは失礼いたします」

サザーンがそそくさと天幕を離れてゆくと、カイは深い溜息をつき、かたわらの椅子に座り込んでいた。

ミレナとヤナが顔を見合わせ、カイの許へとやってくる。

『カイ様…』

案じ声をかけてくる二人に、カイは力なく呟いた。

『私に生きる道はあるのだろうか…』

二人には答えようもないのだと気づき、カイは口をつぐむ。

追っ手のかかった時にせめてどうにかして生きる道はないかと、皆が必死に働いてくれた結果だ。捕らえられても、何とかして逃げる隙を窺えないかと、ミレナもヤナも、そして捕らえられた二人の兵士、そして殺されてしまったあの兵士も、自らも守りたい家族を持つにかかわらず、カイのために懸命に考え、動いてくれた。

この国の者、そして、この城で働く者達は皆、私達を支えてくれる何にも代えがたい財産なのだと話していた父を思い出す。

ここで不安や泣き言を洩らすことは、彼らの働きを無為にするのに等しい行為だと気づき、カイは二人の女官に詫《わ》びた。

『すまない…、眠る支度を。他はまた明日、準備をしよう』

カイの声に、二人は頷くと黙って休む用意を始めた。

Ⅳ

翌々日の朝、エルヴァンと共に出立したカイは、ミレナとヤナの二人と一緒に質素な馬車に乗せられ、丸一日をかけて隣国へと向かった。

もともと虜囚を運ぶためのものらしき馬車は、椅子の代わりに板が渡されただけの簡素な造りだった。外はぐるりと板張りで、かろうじて屋根はあるものの、壁も屋根も隙間だらけで雨風を凌《しの》ぐことはできない。出入りする扉と馬車の後ろには格子が設けられているため、外から中の様子は丸見えで、半ば晒しもの状態だった。

手鎖をかけられたカイは、ミレナとヤナと身を寄せあい、じっとその馬車に揺られていった。

ドレスは前日にミレナとヤナが仕立て直してくれた姉のものだったし、そしてミレナとヤナもエルヴァンが城から運び出したドレスに着替えていたが、それはこの惨めな状態の中、ほんのわずかばかりの救いだっただろうか。

少なくとも昨日の汚れたままのドレスでは、ミレナとヤナには耐えがたかったかもしれないと、今日も丹念に二人が髪を編み込んでくれたカイは思った。

第一皇子ラヒムが率いるというサッファビーア帝国軍の本隊は、シルカシアと隣国との国境近く、隣国の領内にあった。

行ってみて初めてわかったが、そこにはエルヴァンの率いていたシルカシア制圧軍の三倍以上の兵が駐屯していた。

大挙して押し寄せると聞く話のわりには少なく思えたエルヴァンの軍はあくまでも第一陣であり、仮にシルカシアがそれを撃退したとしても、第二陣、第三陣と多数の兵が待機していたことがわかる。

どちらにせよ、勝ち目のない戦だったのかと、カイはベール越し、異装のサッファビーア軍兵士らを見ながら力なく思った。

エルヴァンの目立たず質素だった天幕とは異なり、ひしめく天幕の上には色とりどりの旗が翻っている。軍馬のいななき、鎧や武具の触れあう金属音、辺りをはばかることもないサッファビーア兵らの話し声、笑い声が響く中、見世物状態だったカイらは馬車を降ろされる。

そこへ、シルカシア城近くの陣を発って以来、その姿を見ていなかったエルヴァンが馬に乗ってやってきた。

シルカシアではチョハを身につけていたエルヴァンは、出立当日は襟の高い前立てに豪華な刺繍のある長い上着をまとい、ゆったりとしたパンツを身につけ、いかにもサッファビーアの王族らしい格好をしていた。

ただ、頭にはターバンや帽子をつけていないため、他の兜《かぶと》やターバン、円筒帽を被っている兵士らの中では逆に目立っていた。

こうして見ると、敵国の皇子なのに同胞らしきチョハを身につけている違和感はない代わり、いかにも敵国の皇子という印象は強くなる。

エルヴァンはもうカイにひと声もかけることなく馬から下りると、馬車から降りた三人の先に立って歩いてゆく。三人の後ろには サザーンと、あの目の上に傷のある人相の悪い長身の男、さらに複数の兵士らが続いた。

いくつかの天幕を家屋のように巧みに連ねて作った大きめの天幕内に入ると、エルヴァンはサザーンを振り返り、目配せした。サザーンは心得たように頷く。

「二人の侍女殿はここまでです。ここから先は、アイラ姫お一人でのお目通りとなります」

そう言って、サザーンは二人分の椅子を運ばせてくる。

自分達を取り囲む物々しい男達の様子に、ミレナとヤナは怯《おび》えたような目を見せた。

それでもカイの側を離れるまいとしてか、椅子に腰を下ろさない二人の肩に、目の上に傷のある男が手をかけ、有無を言わさず強引に座らせる。

普段はそんな乱暴な扱いを諫《いさ》めていたエルヴァンも、今は何も言わず、カイを含めた三人のシルカシア人をまるで物か何かのように見ていた。

「侍女殿はこちらで姫のお戻りをお待ちください」

比較的、温厚な物腰を見せていたサザーンも、それ以上騒げば実力行使するとばかりに言い放つ。

「姫はこちらへ」

ようやく口を開いたエルヴァンは、隣の天幕へ続く衝立《ついたて》の向こうへとカイを促す。

カイはやむを得ず、ミレナとヤナの二人を残し、男に続いた。

すぐ隣にエルヴァンの兄の第一皇子とやらがいるのかと思ったが、そこは控えの間らしき、机と何脚かの椅子が置かれただけの空間だった。

エルヴァンはさらにその奥へと続く幕を横へ押しやり、中へ入るようにと示した。

カイがエルヴァンの横を通り過ぎると、やや薄暗い、計測器や書物、文机や長椅子などの置かれた居間のような誰もいない空間がある。

静けさを保つためか、厚めの幕が何枚か重ねて設置されているようで、外の喧噪がかなり遠く聞こえる。その分、天幕内も薄暗いのだろう。

カイは薄暗がりに急には目が慣れない中、どこに第一皇子がいるのかと辺りを見まわす。ベール越しだと、なおのこと、天幕内はよく見えない。

そんな中、やにわにエルヴァンが近づいてくるとカイの腕を捕らえた。

「…っ！」

男はカイを長椅子まで引きずっていくと、その上に押さえつけた。

「…っ、…はっ…！」

押し倒されて声もなく暴れるカイのドレスの裾をまくり上げ、男は無言で両脚の間、内腿《うちもも》を探る。

男であることがばれたのではないかと、カイは身をよじり、半端なく暴れたが、エルヴァンの力には到底かなわなかった。

他人の指が自分の脚の上、際どい部分をまさぐる感触にカイは気も狂わんばかりの羞恥と憤り、恐怖を覚える。

「……っ」

何もかもがばれる…、そう思った瞬間、男の指はカイが内腿に巻きつけていたオルガの裁ち鋏を探りあ

てると、ものも言わずにそれを取り上げる。

『返せっ！』

後ろ手に括《くく》られているとはいえ、圧倒的な力の差で押さえ込まれ、一方的に最後の抵抗を取り上げられたカイは歯噛みして叫んだ。

「利口な方法とは言えないな」

エルヴァンは取り上げた鋏を後ろの文机《ふづくえ》の上に置きながら、低く言う。

「こんな鋏で兄を仕留められる確率は、非常に低い。無駄死にしたいのか？」

『誰がお前達などにっ！』

不様に長椅子の上に這《は》いつくばったままの姿で、カイは母国語で叫ぶ。しかし、エルヴァンにはその意味もわかっているようで、男はずいぶんと冷めた目を向けてきた。

「『カーティラ』と呼ばれる男達を知っているか？」

「…カーティラ？」

すぐには起き上がることもできないカイは、男の方へと身体をねじ向ける。

叫んだせいもあり、まだ半ばは自分が男だとばれたのではないかと危惧していた。

けれども、エルヴァンは別にそれ以上はカイを押さえつけてどうこうするつもりはないようで、言葉を続ける。

「そうだ、サッファビーアの暗殺要員で、皇帝直属の近衛隊の中でも精鋭中の精鋭だ。聞いたことはないか？」

サッファビーアの皇帝直属の暗殺集団といわれ、カイも噂に聞いた話を思い出す。

本当の話だと信じたわけではないが、確かにサッファビーア軍には従来のサッファビーア人らの主要戦闘法の中核をなし、今回もシルカシア城を取り囲んでいた主力部隊でもある遊牧系軽騎兵の他に、傭兵集団《イェニチェリ》という奴隷外国人らからなる兵士集団がある。どちらもサッファビーア帝国軍として凄まじい強さで他国に広くその名を轟かせ、怖れられている有名な二つの軍団だった。

そして、それとは別に皇帝の特命を帯びて動くという暗殺集団がいると聞いたことはある。

だが、実際にそれを目にした者の話を聞いたわけではないし、大挙して他国へと押し寄せてくる軽騎兵や傭兵集団に比べれば、あまりにも現実味のない話だと思っていた。

暗殺集団がいると聞いても、何のために存在するのか知らないし、他国の脅威となったという話も聞かない。

なので、サッファビーア帝国軍の箔付け、あるいはこけおどしのようなもの程度にしか思っていなかった。

「兄にもそのカーティラが護衛としてついている。いくらそなたが兄の隙をつこうとしても、この鋏の切っ先が兄に届く前に、そなたは喉を切り裂かれているだろう」

「…護衛？」

カイはエルヴァンの顔を仰ぐ。

「そうだ、護衛だ。一人の皇子にたいていは一人、私の場合はいつも後ろについている背の高い、目の上に傷のあるチェンクという男がそうだ」

確かにあの男の触れれば切れるような佇まいは只者《ただもの》ではないように思えたと、カイは無表情なチェンクの様子を思い出す。

「皇位継承者である長兄のラヒム第一皇子には、そのカーティラが二人ついている。そなたでは、到底かなうまい」

そう言うと、エルヴァンはカイの腕を支え、乱れたドレスの裾を直して立たせる。

「今すぐではないが、兄が皇位についた時、寵愛《ちょうあい》を受けてその子供を身籠《みご》もれば、そなたは正式に妃として認められる。生まれた子供が男子で皇位を継ぐことになれば、そなたは第一皇妃とも呼ばれ、後宮での地位は安泰となる」

カイはエルヴァンが何を言っているのかうまく理解できないまま、その顔を仰ぎ見た。

「ようは考え方だ」

エルヴァンは子供にでも言い含めるように、辛抱強く繰り返す。

「そなたは今、生まれ育った国を滅ぼされ、憤りと憎しみ、恨みで満たされているかもしれない。だが、これから先の生きようによっては後宮一の地位を手にすること、そして行く末は皇帝の生母として、大きな権力を手にすることも可能だ。後宮にはそれを夢見る女奴隷達が山ほどいて、日々、妍《けん》を競っている。しかし、そなたほどの美貌ならば、兄の寵愛を一身に受けるのもそう難しいことではないだろう」

この男はいったい誰の味方なのだろうかと迷うカイに、男は再度繰り返した。

「ようは考え方一つだ。女奴隷の身に落とされた哀れな敗国の姫のままでいるか、次期皇帝の寵愛をその身に受け、後宮一の地位まで上りつめる幸せをつかむかだ」

エルヴァンはカイの背中を押すと、次の天幕へと続く幕を横へ押しやった。

「一国の姫のままでいても、必ずしも望んだ相手と添い遂げられるものではないだろう。自分に残された道の中で、最善を探ってみるのも一つの手ではないのか？　そう思って歩け、前を向いて歩き続けろ」

父や母と言ったのとは違うが、この男はこの男なりに自分に何か生きる道を示唆しているのだろうかと、その意図を訝りながら、カイはエルヴァンに伴われて歩いた。


エルヴァンは一度天幕から外へ出ると、居並ぶ天幕の中でもひときわ大きい、華やかな天幕へとカイを連れていった。

チェンクが護衛だと言ったエルヴァンの言葉通り、途中、気がつくと目の上に傷を持つ背の高い男は音もなくすぐかたわらを歩いていた。

ラヒム第一皇子の天幕は、さっきのエルヴァンに伴われた天幕に比べればはるかに華やかで天井も高くしつらえられており、人の出入りも多かった。その様子はまるで小宮殿のようで、足を踏み入れるまでもなく、ここが軍営地の中心であることはわかった。

これが話に聞くサッファビーア軍の建築技術、設営技術なのだろうが、いくつもの天幕を柱と飾り綱によって巧みにつなげた巨大な天幕の内側は、仰々しく飾り立てられている。

その奥部に、両脇に居並ぶ将校らを従えて座った男がいた。

赤い髭を蓄えた太り肉《じし》の青白い顔を持つ男で、頭には皇位継承者らしき権威を示すためか、他の男達よりもはるかに大きくたっぷりとターバンを巻きつけ、宝石をあしらっている。腰かけた椅子は、三段ほど組まれた壇の上に置かれていた。

エルヴァンにはこの第一皇子の寵愛を得て、後宮一の地位まで上りつめろと言われたばかりだが、カイはこのラヒム皇子の容貌に、ひと目見て嫌悪感を持った。

太り気味であるとはいえ、ラヒム皇子の青白い顔立ちそのものは悪くはない。しかし、尊大な様子で口許にたたえた笑みと、露骨にじろじろとエルヴァンとそれに従うカイに向けられる視線に、何ともいえない粘つきを感じる。

エルヴァンは刺繍の施された赤い敷物を踏み、カイを伴って兄の前に進み出ると、片膝をついた。

「その名の通り、『寛大』なお心をお持ちの兄上様に申し上げます」

さほど張り上げずとも響くエルヴァンの深みのある声は、過剰なまでの装飾文句を紡ぐ。

しかし、大仰にへりくだった言葉つきとは裏腹に、熱のこもらないその声はずいぶん淡々としたものに聞こえた。

この独特の言いまわしはサッファビーア宮中特有のものなのだろうかと、カイは膝をつくタイミングのわからないまま、その場に立ちつくす。

「私、エルヴァンは兄上様にいただいた兵を率い、ご命令通り、シルカシア城を我がサッファビーアのものといたしました。この戦功もひとえに兄上様のご人徳の賜物《たまもの》と思われます」

「うむ」

鷹揚《おうよう》に頷いてみせるラヒム第一皇子の声は、見た目よりもずいぶん甲高《かんだか》いものに聞こえた。

「まだシルカシア王国全土の掌握には至っておりませんが、小国シルカシアの面積を考えますと、さほど長い時間は要せぬものと思われます」

「うむ」

また一つ、ラヒムは頷いた。

「本日は戦果の報告がてら、シルカシアの王女アイラ姫を、兄上様の許にお届けにまいりました」

うむ、とラヒムは満足げに頷き、さらに露骨にじろじろとカイを眺めてくる。

「我がサッファビーアにも、『シルカシアの宝石、カフカス地方随一の美姫』とも呼ばれる、アイラ姫の名は聞こえている」

ラヒムの言葉に、エルヴァンがわずかに振り返り、膝を…、と短く命じた。

カイはここでの雰囲気や礼儀作法というより、振り返ったエルヴァンの低い声に圧《お》されて、その場に膝をつく。

「そうしてベールをつけていても、長く美しい金の髪、しなやかな四肢、整った面立ちは見てとれるが…」

ラヒムは咳払いを一つすると、両手を鷹揚に広げる。何をするつもりなのかと見ていると、両かたわらにいる侍従らしき男二人が、ラヒムの立ち上がるのを助けた。

ラヒムは両腕を二人の侍従に預けたまま、壇上から下りてくる。そして、そのままカイのすぐ前までやってきた。

そんなすぐ側まで直接やってこられるとは思わず、カイはただ呆然と予期せぬ動きをする男を見上げる。

こんな風に両脇を支えられ、歩く人間はよほどの高齢者か、結婚式に臨む最盛装の姫ぐらいではないだろうか。

ラヒムは膝をついたカイの顔を上からまじまじと覗き込んでくると、ものも言わず、いきなりベールを剝ぎ取った。

「…っ！」

カイは驚愕《きょうがく》に目を大きく見開く。

「ほう…、ほう、ほう、ほう…」

男はベールを床にふわりと舞わせると、赤い髭の陰で笑った。まるで舌なめずりでもしているようだ。丸い指が伸びてきて、カイの顎《あご》をつかみ、見かけよりもはるかに強い力で上向かせる。

「なるほど、シルカシアの宝石の名に恥じぬ美姫ではないか！」

露《あら》わになったカイの顔を左右に大きく振り、周囲に晒して見せるラヒムの満足げな声に、阿《おもね》るような笑い声が両脇に居並ぶ男達の間から起きる。

カイは目を伏せ、極力、この青白い顔を持つ赤髭の男から目を逸らした。

「見よ、この姫の湖を思わせる深い青の瞳、薔薇《ばら》の花びらのようなやわらかそうな唇、雪のような白い肌…、城一つ落とした価値はあるな、エルヴァン」

「御意」

エルヴァンは膝をついたまま、ただ短く応じた。

ラヒムの哄笑《こうしょう》に、男達の笑いが重なる。

「これほどの美姫、さっそく、今宵、我が閨に侍《はべ》らせたいところなれど…」

ラヒムは快闊《かいかつ》に言ってのける。

「少ない手勢で、見事城を落とした有能な我が弟の手柄を無視するわけにはいくまい」

余裕があるようでいながら、その言い方にはどこか含みがあるようにも聞こえた。

「そなた、むろん、男は知らぬな？」

カイの顎から喉許へと太い指がすべるのに、とっさに飾りリボンの陰の喉仏に気づかれまいとカイは身体をよじり、身を伏せる。

その態度がまた、男達の好き心を誘ったらしい。妙に淫靡《いんび》な含み笑いが、周囲から洩れた。

「まさに生娘《きむすめ》らしき反応ですな、兄上」

さっきまでラヒムが座っていた椅子のかたわらで声を投げてきたのは、肌の浅黒い男だった。兄上とラヒムを呼んだところ、そしてラヒムほどではないが周囲の男達よりははるかに大きく盛り上げ、宝石の飾られたターバンを見ると、ラヒムやエルヴァンの兄弟皇子らしい。

「喜べ、我が弟よ。そなたの見事な手柄に、美しきシルカシアの宝石を破瓜《はか》する権利をやろう。思う存分、この柳のような細くたおやかな肢体を楽しむがいい」

ラヒムは言葉と共に顎を上げると、追従を求めるように周囲の男らを見まわす。それにつれて、また阿り笑いが起こる。

ラヒムは満足そうに頷くと、また元のように二人の従者に両手を預け、長いマントを引いて席へと戻ってゆく。

赤い髭と巨大なターバンに目を奪われて気づかなかったが、白い貂《てん》の毛皮をあしらった裾の長い赤いマントで、二人の侍従が巧みにその裾をさばいているのを見ると、最初は奇異には思えたが、これがサッファビーア帝国で皇位継承者が歩く時の作法なのかもしれない。

「喜べ、エルヴァン。我が兄上はその名の通りの寛大なお方ぞ。カフカス一の美女を、そなたに与えられた。この美しき花の滴らせる蜜の味はいかがなものか、そなたは幸せな男よの」

さっき声を上げた浅黒い肌を持つ皇子がからかうが、その声にはからかい以外の微妙な揶揄が含まれているのだということは、さすがにカイにもわかる。

後ろ手に縛られた姿で床に這いつくばったままのカイは、奪われたベールを拾うわけにもいかず、ただ喘ぐ。女奴隷の身に落とされた姫の身分とはどういうものか、まさに今、身をもって思い知らされていた。

「ありがたき幸せに存じます」

男達の哄笑の中、エルヴァンの抑揚のない声が礼を告げるのが聞こえた。

「下がれ、幸運な男、我が弟よ。今回の勝ち戦に次ぐ勝ち戦、そなたの目覚ましい働きはさぞかし父上を喜ばせることだろう」

本心を見せないもったいぶった言いまわしがサッファビーアの宮中でのならいなのか、席に戻ったラヒムが壇上から手を悠然《ゆうぜん》と振ってみせる。

エルヴァンは再び深く頭を下げると、立ち上がり、床に這ったままのカイの身体を起こした。

「兄上様のお心の広さに、神の祝福があらんことを」

エルヴァンはさらに一度床に片膝をつき、深く頭を下げて謝意を述べた。

立ち上がり様、カイのベールが拾い上げられ、同時にカイの身体もぐいと強い力で引き上げられる。

有無を言わさぬ力で強制的に立たされたカイは、エルヴァンと共に男達の前を通って、天幕を出てゆくこととなった。

何ともいえない微妙な空気が、居並ぶ家臣や軍人らの間に漂っている。シルカシア城の中ではなかった独特の雰囲気、誰しもが本心を笑みの裏に隠しているような空々しい気配の中、アイラのドレスを身につけたカイはエルヴァンと共に天幕の外へと出る。

——イシュハラーンの都には、世界の半分がある。

サッファビーア帝国の首都イシュハラーンのことを、帝国を見てきた商人達はそう言って口々に誉《ほ》めそやしていた。

美しく輝くような白の大理石、青いタイルでできた都だと。海に面したどの国の城よりも巨大なその都は、まるでこの世の楽園のようだと言うのを聞いた。

強大な軍事力を持った恐ろしい国だが、イシュハラーンの都の美しさは比類なきもの…、そう聞いていた。

しかし、これがサッファビーア帝国の中枢、あの世界の半分があるとも言われるイシュハラーンの宮廷でのやりとりなのだろうかと、カイはそのあまりの毒気に当てられ、目眩《めまい》を感じた。

ラヒムの天幕を出たところで、カイはエルヴァンに物陰に連れ込まれ、落ちていたベールを手荒く顔の前に留めつけられた。

この間までの丁重な姫君扱いとは異なり、男はどこか苛立ったような荒々しい仕種でカイの肩を押し、半ば無理矢理顔をベールで覆った。

ピンが一本飛んでしまったのか、ベールの端が片方落ちかけるのを、エルヴァンの指が髪の中のピンを探り、抜き取って留める。

直すというにはあまりに乱暴なやり方で顔を隠されたカイは、驚きながら険しい顔つきのエルヴァンを見上げた。

「運をなくしたな」

突き放したような暗い男の声に、カイは思わず眉を寄せた。

むろん、男のカイには実際には閨の相手などできないが、あの第一皇子や第二皇子の相手をさせられるぐらいなら、このエルヴァンに下げ渡された方が百倍以上ましに思えた。寛大さを装った裏で、慈悲の心などひとかけらも持ち合わせないように見えるあの狡猾《こうかつ》な上の皇子らに比べれば、この男はよほど人間味がある。

なぜそれを、運をなくしたなどと言われなければならないのかがよくわからない。運をなくしたというのなら、サッファビーア帝国軍の侵攻対象となった時点で、すでにカイにもシルカシアにも運はなかった。

カイがただ黙ってエルヴァンを見上げるのにかまわず、男はカイの肩を押し、物陰から連れ出すと元の天幕に向かって歩く。

どうしてこんな風に言われるのかがわからない。

そもそも、破瓜の権利をエルヴァンにやるなどと言われたが、男であるとばれたらどうなるのか。カイが刃物を忍ばせていたことなど、とっくに見通していた男だ。閨まで行って、その寝首をかくこともかなうまい。

シルカシア宿営地よりもはるかに兵の数の多い今のこの軍営地では、隙を見計らって逃げることもかなわない。

焦りに動悸《どうき》は早まり、冷や汗が背中を伝う中、カイはエルヴァンのものらしき天幕へと連れられて戻った。

中では青ざめた顔で、椅子に座ったミレナとヤナがカイを見上げてくる。

「サザーン、姫らに天幕の西端の部屋を用意しろ」

二人の女官と共に主の帰りを待っていたらしき丸顔の男は、承知しました、と頭を下げる。

どうもカイには理解できない主人の不興を、すでに察しているらしい。

「姫、侍女殿もこちらへ」

サザーンは六人の兵士を選ぶと、さっき、カイが連れていかれた部屋とは反対方向を指す。

運をなくしたとはどういう意味なのか、お前の命はせいぜい今宵までだという意味なのかと、屈強な兵士らに取り囲まれたカイはサザーンに促されるまま、天幕の奥へと進みながら考えていた。

三章

I

『イシュハラーンという都は、どういうところなのでございましょうね？』

朝の支度でカイの髪に櫛を入れながら、ミレナが小さく呟く。

日鼻立ちのはっきりとした美人だが、ここにやってきてからずいぶんやつれてしまった。ヤナはもともとそう口数の多い方ではないが、最近ではかなり塞《ふさ》ぎがちに見える。

食事はシルカシアの宿営地に捕らわれていた時よりもさらに潤沢《じゅんたく》に、贅沢《ぜいたく》なものが出されるようになったが、ほぼ一つの天幕に監禁状態にあるためか、カイを含めた三人ともあまり食が進まない。

兄皇子二人に、カイの破瓜の権利をくれてやると囃《はや》された当のエルヴァンは、あの晩はおろか、あれっきり姿を見せなくなった。

エルヴァンの手配だったのか、これまでは何くれとなく三人の身のまわりに気を配ってくれていたサザーンもいなくなった。

代わりに紋切り型の文官が日に一度、何かいるものはないかと素っ気なく尋ねにやってくるだけの日が、およそ七日ばかり続いた。

エルヴァンに伽を申しつけられた暁には男が身につけた剣で刺し違えてでも、あるいは口づける振りで舌でも噛み切って…、などと色々復讐《ふくしゅう》案を巡らせ、神経を張りつめていたカイは夜毎に気が抜けた。

あの時、自分はラヒムによってエルヴァンに下げ渡されたと思ったのは、そして、それをエルヴァンが運をなくしたとなじったのは、何かの間違いだったのだろうかとすら考える。

それともエルヴァンはまだ兄らに再度渡すつもりで、カイに手をつけないままに置いているのだろうかとさえ、勘ぐった。

そのエルヴァンが、昨晩になって急に姿を現した。

「明日、イシュハラーンへ移ってもらう」

男は挨拶らしい挨拶もほとんどせず、今までどうして顔を見せなかったのかなどについてもいっさい触れず、いきなり口を開いて言った。

「長旅になる。ふた月ほどはかかるだろうか。それに備えて出立の準備をしておくように」

それだけ言い捨てると、男は疲れた顔で出ていってしまう。

『イシュハラーンとは？　今日の今日まで何の音沙汰もなく、いきなり？』

どういうことなのだと、ミレナはエルヴァンと共に現れたサザーンに詰め寄った。テュルク語でなくとも、言われている意味はわかるようでサザーンはわずかに肩をすくめた。

「王子はついさっきまで、シルカシア城においでになったのです。城の修理や兵の采配など、片付けなければならない問題は山ほどありますから」

まるで主《あるじ》が七日間ほどおとなえなかったことを弁解するようなその言い分に、カイは眉をひそめる。

別にエルヴァンの訪れを待っていたわけではない。また、男が一方的に征服したシルカシアの城でやることが山ほどあると言われても、理由は呑み込めるが、感情的には承服しがたい。

押し黙ったカイをどう思ったのか、サザーンは一礼すると主人のあとを追ってそそくさと出ていってしまった。

そして、そのイシュハラーンへ移されるのが今日の朝だ。

カイにとってもどうなるのかわからず、また、それを口にするとミレナとヤナをさらに気落ちさせるだけなので、滅入ることに関しては極力口にしないようにしている。

どうすれば、少しでも生き延びられるのだろう。父や母が逃してくれたこの身だが、どの道を選べば一日なりとも多く生き長らえるのだろう…、それを考えると徐々に呼吸が浅くなる。

生きなければ…、カイは息苦しくなった胸許を押さえ、ただそれだけを念じた。


馬車はカイ達がこの軍営地に連れてこられた時とは異なり、四頭立てのそれなりに仕立てのいい馬車が用意されていた。

外側にはがっしりとした鍵が取りつけられ、内側から扉が開けられないのは変わりなかったが、窓は大きく取られており、凝った植物模様の格子がはめられている。向かい合わせとなった椅子は布張りで、馬車の揺れをずいぶんやわらげていた。

外に取りつけられた厳重な錠さえなければ、それなりに身分のある貴族や有力者用の馬車に見えた。場合によっては、戦場に愛妾を伴う際の馬車なのかもしれない。

首都へ帰還するサッファビーア軍の一部と共に移動したせいか、エルヴァンの言葉通り、イシュハラーンに到達するまでにはおよそふた月ほどを要した。

あいかわらず天幕でも、馬車の乗り降りの際も警備は厳重だった。後ろ手に括られていた手鎖はなくなった。しかし、カイもミレナもヤナも、右の足首に長いひと続きの鎖が取りつけられ、どこへ行くにも複数の監視の兵がついていて、常に兵士の誰かがその端を持っていた。

手鎖よりは目立たず、身体は動かしやすくなったが、依然、身分は奴隷扱いなのだろう。警護兵にはかなりの手練れがついているらしく、逃げる隙は微塵《みじん》もなかった。

ただ、イシュハラーンへの帰還中もエルヴァンは好んでカイに会いに来るわけでもなく、ラヒムによってエルヴァンに下げ渡されたと聞いたものの、実際には誰の隷属物なのかもわからない状態だった。

なのでカイは、エルヴァンが再び自分をラヒム第一皇子や二番目の皇子、場合によっては父皇帝のハレムに差し出すつもりなのかもしれないとずっと考え続けていた。

けれども、そこからどうすればよいのかという策は、今、こうしてイシュハラーンに向かう途中ではまったく浮かばなかった。

山と森とに囲まれたカフカス地方を南へ下り、そこからさらに西へと進んでゆくと、それまで見たこともなかった乾いた黄土色の平地が広がっていた。その平地に飽いた頃、ゆるやかな緑の丘陵地の間に海がちらほらと見え、その海にカイが初めて見る多数の大型船が浮かんでいた。

それらは皆、大きな三角の帆をいくつも巧みに組み合わせた船で、青い波間を悠々と渡っていくように見えた。

来る日も来る日も馬車に揺られ続け、カイが姉のドレスを身にまとうことにもさほど違和感を覚えなくなり、仕種もあえて意図せず女性的な形を取れるようになった頃、馬車はイシュハラーン城が面する湾に差しかかった。

海の向こうにイシュハラーン城を見たカイらは、馬車の中で思わず息を呑んだ。

これまで見たこともない青く大きなドームを持つ美しい建物、何本も立ち並ぶ細く尖った優美な尖塔《ミナレット》、太陽の光を受けて輝く白い城郭、噂に聞くよりもはるかに壮麗な都が海の向こうにまばゆく浮かび上がるようにしてあった。

しかも、イシュハラーン城を含む丘陵全体が大きな城郭都市となっている。城と巨大な礼拝堂を中心として、視界いっぱいに広がる街は煌《きら》めきながらはるか向こうまで続いている。いったい、この街はどれほどの大きさなのだろうと、カイは何度も瞬きをした。

イシュハラーンには世界の半分がある——まさにそんな言葉がぴったりに思えるほどの、夢のような見事な都だった。

『これは…』

サッファビーア帝国を憎んでいるはずのミレナも、思わず息を呑む。

カイはもう言葉もない。

はるばるシルカシアに行商に来ていた商人達がカフカス地方を田舎扱いしていたのも、ある意味わかる。

この見事な都を見れば、堅牢を謳《うた》っていたシルカシア城も、確かにただ山あいに石を積んだだけの無骨な城に見えたことだろう。

かといって、自分にとっては遠く離れたシルカシアが恋しく、あの城を取り巻く山々や人々の様子、時に朝晩の霧《きり》に包まれる城の佇まいが慕わしいことには間違いないが…、とカイはひたすら美しい都の様子に見入りながら思った。

II

広大なイシュハラーン城は、中へ入るとさらに豪奢《ごうしゃ》で壮麗な宮殿だった。

白亜の城壁を持つ城の中には、皇帝が政務を行う最も広い正面の第一宮殿、続いて皇帝が日常的に住まう第二宮殿、さらにその奥にその妃や愛妾らが住まう後宮《ハレム》でもある第三宮殿があるという。

馬車で宮殿の正門から第一宮殿まで乗り入れたカイは、そこから輿のようなものに乗せられた。輿について歩くミレナとヤナと共に、足首にはもちろん、まだ鎖がついたままだった。

輿を持つのは、宦官と呼ばれる去勢された男達だとサザーンが教えてくれた。皇帝の周囲と後宮で仕えるため、男性器を取り落とした男達がこのイシュハラーン城には多く仕えているのだという。それら宦官にはむろん、カイが聞かされていたように征服した地域から集めた見場と頭のいい少年らもいるが、宮殿での出世を夢見て、自ら望んでなる者も少なからずいるのだとサザーンは言った。

輿に乗せられたまま皇帝の居住区の第二宮殿の端を通り、第三宮殿の後宮へと入ると、軽やかな音曲や女達の笑いさざめく声が、飾り格子の向こうから洩れ聞こえてくる。

てっきりそこで降ろされるのだとばかり思っていたカイは、さらに奥深く、後宮の裏手にある宮殿の最奥部へと連れられていった。

城の最奥部のその一郭《いっかく》は、高い門と壁で取り囲まれ、警護兵によって厳重に守られていた。

普通では到底登れないような高い塀の上には、とても装飾とは思えぬ過剰なまでに鋭く尖った忍び返しが並んでいることに、カイは違和感を覚える。

これは女達を脱走させないための壁なのだろうか…、最初、カイはそう思った。

そこが皇位継承権を持つ皇子達を閉じこめる幽閉所――『金の鳥籠』とも呼ばれる一郭であることを知るまでは…。


カイが連れられていったのは、広大なイシュハラーン城の最奥部、『美しい月《ディライ》』宮と呼ばれる、エルヴァンの住まう宮だった。

宮の中庭には常に水をたたえた人工的な泉と、その中央で簡素ながらも水を噴き上げる噴水があり、そんな設備を初めて見たカイの目を丸くさせた。シルカシア城をあっという間に陥落させた大砲もそうだったが、ここでもサッファビーアの建築水準、文化水準は、シルカシアの到底及ぶところではないことを改めて目の当たりにした。

しかし、その中庭を取り囲むように造られたディライ宮そのものはこぢんまりとしていて、皇子の起居する宮としてはあまり規模が大きくはないようだった。

やはり一番大きいのは、第一位の皇位継承権を持つ第一皇子ラヒムの『明るい満月《ヌライ》』宮なのだと、サザーンは説明した。

カイにはディライ宮の中でも、端の一部屋、噴水が見える明るく陽当たりのいい、天井や壁に細かな装飾の施された部屋を与えられた。

部屋には帳のついた寝台と鏡の置かれた化粧台、衣類をしまうらしき飾り櫃、彩り豊かな敷物などが揃っており、サッファビーアの建築技術の高さのせいか、風通しもよく快適だった。

真っ白な大理石でできているらしき天井は、アーチを幾重にも連ねた不思議な形状をしていて、そこにさらにレースのような繊細な飾り彫刻が施されている。見上げていると、一瞬、時の流れも忘れる。

何を意図してここまで見事な芸術品並みの彫刻が施されているのかはわからないが、ぼうっと白い飾り天井の様子は、まるで小さな星空、満天の星を見ているようだとカイは思った。

ミレナとヤナにも、すぐ隣の部屋が控え室として与えられており、待遇は悪くない。

だが、仕える使用人はほとんどおらず、エルヴァンの身のまわりの世話はおおよそサザーンを中心に行われているように見えた。

『おかしなことに、ここの使用人は皆、サザーンとあの顔に傷のある男以外は、口でも利けないのか、一言も喋《しゃべ》りません』

掃除をしていた老人に声をかけたというミレナが、不審そうに言った。同じく、別の老女に水場を尋ねたというヤナも、言葉では応えず、直接水場に案内されたとこぼす。こちらの尋ねたことがわかっているなら、口で応えればいいものを…というのが女達の言い分だった。

けれども、見張りもおらず、ここに来るまでずっと足首に取りつけられていた鎖も外された。目を盗めばこの広大な宮殿を抜け出すことができるのではないかと、ミレナとヤナは部屋に案内された日にカイに耳打ちした。

　カイも歩くことを許されたディライ宮を見てまわりながら、最初はそう考えた。

「普段はこの宮で寝起きしていただきますが、日中にここを出て、後宮で舞や音楽、歌などを習うことは自由です。専門の師もおります」

　ディライ宮を案内しながら、サザーンは肩越しに説明した。

「もちろん、女性ならではの房中術《ぼうちゅうじゅつ》を専門に教える者もおります」

　ほとんど話せないが、テュルク語の聞き取りはそこそこできるようになってきたミレナが、品のない話題だとばかりに苛立たしげに咳払いをしたが、サザーンは取りあわない。

「後宮では、閨《ねや》がつまらない女は二度と声がかかりません。声のかからぬまま、ずっと位は低く、身のまわりの世話をする者もつかず、ろくな部屋ももらえず、老いるまで後宮から出られずに過ごすのです。そのため、どの女達も必死で皇帝に仕えます。全身を使って、皇帝をお慰めするのです。むしろ、自ら学ぼうとせぬ女の方が怠惰だと言われるのです」

　イシュハラーン城の内情をよく知っているらしきサザーンは、飄々《ひょうひょう》と語る。

「一方で皇帝のご寵愛を受け、そのお子を身籠もられることがあれば、妃という立場と快適な部屋、お世話をする部屋付きの女達、市場《バザール》で自由に買い物をする権利、美しい衣服、宝石などが与えられます。身籠もったお子が皇位につけば皇太后の栄誉が与えられ、皇帝の実の母君として後宮ばかりでなく、家臣らからも崇《あが》め奉《たてまつ》られるのです。このサッファビーアでは、皇帝の母君の血筋はあまり重いものとはされておりませんから、後宮のすべての女奴隷に平等にこの機会は与えられているのです。まずは女達の心がけしだいです」

カイはエルヴァンがラヒムの寵愛を受けるように努めろと、自分を諭《さと》したことを思い出した。

あれはこのことを言っていたのかと、今さらのように理解する。

「もっとも、姫はシルカシア征圧の報奨として、ラヒム皇子からエルヴァン皇子に他の臣下の面前で与えられた存在」

サザーンはカイにちらりと視線を寄越す。

「後宮にいる一般的な女奴隷とは異なりますが、我がエルヴァン皇子がラヒム皇子の妬《ねた》みを買い、何度も当てこすりを言われたほどの美貌です。今もムハディ第二皇子からも、ディライ宮の月の精の味はどうだと、日々揶揄交じりの言葉を頂戴されていらっしゃいます。兄弟間でのエルヴァン皇子のお立場を微妙にされてまで、このディライ宮においでになったのです。せっかくですので、我が主の不興を少しなりとも慰めていただきたいものです」

それに、とサザーンはカイと二人の女官を振り返った。

「脅《おど》すわけではありませんが、後宮や皇子の愛妾の立場を失った女は、後々の面倒を避けるためにも、袋詰めにされ、海へ投げ入れられることもあります」

「…袋？」

思わずカイは呟く。

ええ、とサザーンは頷いた。

「かつてエルヴァン様の身近にいらっしゃった方がそうです。エルヴァン様はまだ私と一緒で、お小さくて…」

　やや遠くを見るような目をした男は、それ以上語る気をなくしたのか、首をひと振りするとその先については続けなかった。

「まぁ、どちらにせよ、ご縁があってこの宮においでになったのです。こう言ってはなんですが、エルヴァン様はご兄弟の皇子様方の中では一番聡明で背も高く、見目形も整っておいでです。乳母子である私の欲目を引いても、姫君にとっては何の瑕疵《かし》もない立派な貴公子、むしろ、好んでその寵を受けたいと望まれる女君《おんなぎみ》の方が多いと思いますがね」

　確かにそれはその通りだが…、とカイは最初、カフカスの長衣《チョハ》の似合うその姿形の美しさに目を奪われたことを思い出す。

　だが、それはあくまでもカイが女の立場であればこその話だ。男の身では、寵愛を受けること自体が、まずできない。

　口数の多い男は、エルヴァンの魅力がわからない方がどうかしていると言わんばかりに話し続ける。このちゃっかりした言い分や、エルヴァンにも比較的臆《おく》せずものを言える態度は、あの男と乳母子であるという親しい関係のせいらしい。

　感覚的に、兄弟や従兄弟に似た関係なのだろうか。

「確かにエルヴァン様は物心ついてからはずっとこの宮に閉じこめられておいでですので、少々塞ぎがちではありますが、子供の頃はそれなりに悪戯《いたずら》もしておいでしたし、よく笑われる明るい闊達《かったつ》なお方でした。母君ともよく踊っておいででしたし」

エルヴァンがずっとこの宮に閉じこめられているというのをカイは不思議に思ったが、同時にまだテュルク語が完全とはいえない自分の解釈違いかとも思った。

その上、闊達で悪戯をしていた子供の頃のエルヴァンというのが想像できず、カイは首をかしげる。自分が兄と一緒にヤギの背に乗ったり、虫に紐をつけて飛ばしたりして遊んだようなことを、あの男もしていたのだろうかと不思議になる。

「ですので、アイラ姫のようなお美しい方が側で皇子を慰めてくだされば、そのうちに明るい気分も取り戻されるのではと期待しているのです」

サザーンはここにきて、丸い顔にカイの境遇に対する同情めいた色を浮かべた。

その表情を見て、カイはエルヴァンがこれまで自分に向けていた不可解な表情は、同情によるものではなかったのかとふと思った。

サザーンとエルヴァンとでは顔立ちも表情も違うのに、どうして今になってそんなことを考えたのかは自分でもよくわからない。ただなんとなく、エルヴァンが自分に向けていた視線は、亡国の姫に対する同情ではなかったのかと思えただけだ。

「日中の後宮への行き来は、この『金の鳥籠』へ入ってきた門を通じて可能です。ただし、その場合は門を出てから後宮まで、ずっと監視と警護を兼ねた宦官とカーティラがつきます」

カイは、エルヴァンがカーティラを専門の暗殺集団だと説明したことを思い出した。

サザーンはカイ達がカーティラのことを当然知っていると思っているのか、とりたてて詳しい説明はしない。

「専門の訓練を受けた者達ですので、まず、おかしな真似はできないと思ってください。むろん、ぐるりの壁は高く、容易には抜け出ることはできませんが、念のために言っておきます。門以外の場所から抜け出ようとすれば、問答無用でカーティラが殺害に動きます。それが誰でも、いかなる理由があろうともです」

「それが誰でも？」

カイはベールの陰から、くぐもった声で尋ねる。

「ええ、たとえ皇子であっても。もちろん、私もです」

サザーンは微妙な微笑みと共に頷いた。

「皇帝以外は、皆、許可なく『金の鳥籠《ここ》』を出入りすることができないのです」

それもおかしな話ではないか、とカイは思った。皇子のための居住区画だというのに、その当の皇子が自由に出入りできないというのだろうか。よく理解できない。

「カーティラは、皇帝の命令によって動いておりますからね」

サザーンはそれだけ言うと、冷たい飲み物でもお持ちしましょう、と行ってしまった。

『私にはよく聞き取れなかったのかもしれませんが……』

ミレナは新たに運び入れられた櫃や家具を見まわしながら、首をかしげた。

『勝手にこの「金の鳥籠」とやらを出入りしようとする者は、皇子であっても殺されるということでしょうか？』

『そう言っていたように思ったが…』

カイは頷く。

『「金の鳥籠」区からの出入りの際には、皇子であっても皇帝の許可が必要ということにございますか？』

『そのようだ』

ミレナとヤナは顔を見合わせる。

『おかしな国にございますね。外からは広い宮殿だと思っていましたが、これではまるで皇子をそれぞれの宮に閉じこめてでもいるような…』

『でも、エルヴァン皇子も含め、三人の皇子が大軍を率いてあのカフカスまで揃ってやってきていたではありませんか。あれだけの兵を任せている皇子を、普段は閉じこめているという意味がわかりませんが…』

首をかしげあうと、二人はひと通り、部屋の中の家具の使い勝手などを調べにかかる。

『これは…？』

見事な彫刻と螺鈿細工《らでんざいく》の施された飾り櫃を開けた二人は、驚いたような声を上げた。

『こちらのサッファビーアの女達の衣装でしょうか？　まぁ、ずいぶん…』

純粋に誉めるのは癪《しゃく》だと思ったのか、ミレナは口をつぐんだが、手に取った数々の絹の衣装の美しさに驚いているのは確かだった。

『しかし…』

顔の前の煩わしいベールを上げたカイは、困惑して眉を寄せる。こんな完全な女部屋、女の衣装を揃えられても、いつまでも姉の振りもしていられない。

「お気に召しましたか？」

後ろから楽しげに声をかけてきたのは、サザーンだった。手には錫《すず》でできたカップを三つ、トレイの上に載せて待っている。

「エルヴァン様からの贈り物です。おそらく、姫の身体に合わせた丈だと思うのですが。着替えがないと困るだろうとの思《おぼ》し召しです。湯浴み用の衣装や夜着も揃えました」

「湯浴み？」

意味がわからないとミレナは尋ねる。

「沐浴《もくよく》です、水浴びとも言いましょうか。後宮ほどの大規模なものではありませんが、この宮にも一応、浴場があります。エルヴァン様がご利用でない時には、日に何度でも自由に使っていいとの仰せです」

ミレナが面食らうのも無理はない。シルカシアでは、そこまで頻繁に沐浴する習慣はない。顔や手は洗うし、身体も拭くが、室内に専用の浴場を造るような文化はなかった。

『そんなに始終身体を洗えば、風邪をひいたりしませんか？』

ミレナとヤナが案じ声となるのに、サザーンは愛想よく三人を促す。

「一度、浴場をご覧になるといいですよ。冷えた身体もよく温まります。後宮の女性によっては、日に何度も湯を使い、肌を磨き、そのなめらかさとやわらかさを誇ります。姫の雪白の肌なら、さぞや美しく輝くでしょう」

あまりにサザーンに熱心に勧められ、カイらはエルヴァンの居室との間にあるという浴場を見に向かう。

そこは美しい装飾タイルで彩られたこぢんまりした半地下の空間だった。何と呼ぶのかは知らないが、先の尖った尖頭アーチを巧みに組み合わせた天井の美しさ、その下の装飾タイルの彩りの見事さ、水場なのに清潔感のある空間…と、カイはここへきて再び、イシュハラーンの洗練された建築技術と美的感覚に目を見張る。

透かし彫りを施された、庭に面した明かり取りの小窓から差してくる光とタイルの輝き、天井の高さが、半地下の空間を明るく保っている計算の絶妙さにも驚く。

それらがすべて、ふわりと部屋を漂う温かな蒸気の中でぼんやりと薄く滲んで見えるのが、またどこか夢の世界のようでもある。

化粧タイルの上には、湯気の立っている水盤と、澄んだ水の入れられた水盤とが置かれている。

「蒸気でこの部屋全体を蒸し上げます。身体を温めたあと、その湯の入った水盤と水の入った水盤から、自由に水を汲んで身体を洗い清めます」

そこからさらに香油を塗り込んで肌を輝かせたりと、色々と女性ならではの楽しみがあるようですよ、とサザーンはこの部屋でゆっくりして長旅の疲れを癒やすべきだと、熱心に勧める。

「そういった美容術や礼儀作法、歌や舞などに関しましては、後宮にその道の専門家が何人もおりますから、お尋ねになるとよろしいでしょう。必要なものは、また揃えます」

ならば…、ともともと何事に対しても興味を持つカイは、じんわりと温かなタイルに触れて、ミレナ達を振り返る。毎日沐浴する習慣はなかったが、確かにこの部屋でゆっくりと過ごせば、サザーンの言う通りに旅の疲れも取れそうな気がした。

「そうだ、姫。落ちつかれましたら一度、エルヴァン様が話をしてみたいとのことです」

サザーンの申し出に、ミレナがとっさに構える。

『こんな日中から、いったい何を！』

カイが男だとばれることを案じたのかもしれないが、サザーンは食ってかかるミレナの意図は察したらしい。どこか辟易《へきえき》とした顔を作る。

「今は単に、話をしてみたいとおっしゃっているだけです。それにここまできて、しかもこれだけの手厚いお志《こころざし》を受けて、夜伽をお断りするというのもずいぶんご自分本位な話ですよ」

サザーンは少し非難するような目を、カイやミレナらに向けてくる。

「姫君のお立場については、さっきも説明させていただいたはずです。お国のことを思えば気落ちされるのもわかりますが、エルヴァン様は殿君《とのぎみ》としては申し分のない立派なお方ですし、他の兄君とは違ってとてもやさしいお考えのできる方ですよ。アイラ姫も教養高く、我が国の言葉も流暢にお話しになられるようですし、ここはぜひとも姫君にはエルヴァン様のよき話し相手になって、この宮での無聊《ぶりょう》を慰めていただきたいと思っております」

サザーンに乞われ、カイは二人の女官を振り返った。

「この宮の中では、姫君は何をお召しになっても自由だとのエルヴァン様の言付けです。シルカシア風のドレスがよければ、それなりに上質の絹や糸を揃えるのでそれでいくつか好みのドレスを仕立てればよい。もし、ハレム風の衣装を身につけてもよいというのなら、また欲しい分だけ揃えようとのお言葉でした」

でも、せっかくですから…、とサザーンは笑顔を見せる。

「一度、このイシュハラーンの衣装を着てみられてはいかがですか？　今のドレスもとてもよくお似合いですが、こちらもきっとお似合いになると思いますよ。三つ編みは解いて下ろしていただいた方がイシュハラーン風ですが、それは別に結い上げていただいても、今の三つ編みのままでもお好みでよろしいかと。お支度に時間がかかるでしょうから、準備が終わられましたら、またお声かけください」

　今は浴場も空《あ》いております、とサザーンが出ていってしまうのに、カイはミレナらと顔を見合わせた。


『夏物なのでしょうか、こちらの衣装は皆、薄手なのですね』

　これは上着でしょうか、とミレナとヤナは櫃から取り出した、エルヴァンからの贈り物だという衣装を手に感嘆の声を洩らしている。

『どれも皆、本当に薄くやわらかで…、どうやってこれを織り上げているのか。この光る銀の糸を織り込んだ薄絹など、とても今の織法で作り出すものとは思えません』

『色合いも鮮やかで、本当にカイ様の肌の白さに映えるものばかり…』

『サッファビーアの織機は、他に類を見ないほど大型で精巧に作られていると聞いたことがあります。専門の技能を持つ男ばかりの職人の集団がいるとか…。染色方法も東西の粋を集めていて、ありとあらゆる色彩を染め出すことができるそうです』

　ヤナは針子としては非常に腕がいいという分、女性ならではの関心があるのだろう。

　二人共、身のまわりのものをほとんど持ち出すこともできずに、ここまで連れてこられている。美しい衣装を見れば、手に取ってみたくなるのもわかる。

『欲しいものを取るといい。せっかくだから二人共、こちらの衣装を試してみるのもいいかもしれないよ？』

カイが勧めると、二人の女はとんでもないと首を横に振る。

『ちょうどこの上着の丈も、薄物の丈もすべてカイ様のために見繕ってあります。それにこの色味など、とても私どもに着こなせるものではありません』

『でも、ほら』

カイは衣装に添えられた髪飾りや腕飾り、ショールなどの中から、二人に似合うだろうと思うものを取って、それぞれに差し出す。

『男の私にあっても仕方がないものだ。いいから持っておいで。何かあった時に、二人の役に立つかもしれないよ。エルヴァン皇子も、私にもらったものを二人に分けたからといって、いちいち咎《とが》めはしないだろう』

カイがさらに勧めると、二人はいくらかためらったあと、とても申し訳なさそうに一品ずつを選んで取った。

『せっかくだから、私はさっきの美しい浴場を試してみたい。確かにあそこでゆっくりと身体を温め、身体を洗えれば少しは疲れも癒える気がする。私が一度試してみて、よければ二人も試してみるといい』

カイ様は…、とミレナはこれまでの疲れを少し忘れたように破顔した。

『あいかわらず、色んなものに興味をお持ちになります。オルガ様が、よく笑っておいでででした』

『本当に…、頭のいい分、あの子は小さい時から好奇心が旺盛だったって』

二人は思い出したように笑いあう。そして、何ともいえず寂しげな表情となった。

ここに連れてこられるまでの、明日には命も危ういかもしれないという緊張は解けたのだろうが、その分、遠く離れた故郷を恋う気持ちもあるのだろう。

『よければ、湯浴み用の衣装とやらを出しておくれ。浴場に行ってみる』

カイが促すと、二人は身のまわりの世話が与えられたことにほっとしたような顔を見せ、櫃の中の衣装を整理しはじめた。


サザーンが熱心に勧めた通り、ぼうっと白く湯気に包まれた美しい半地下の浴場で、ゆったりと手足を伸ばして身体を温める時間は、とても贅沢なものだった。

シルカシアに負けない、むしろ室内で潤沢に使える澄んだ湯水は気持ちよく、これまで手にしたこともない香料入りの高価そうな石鹸《せっけん》は、芳香と共にきめ細かく泡立ち、肌をなめらかに洗い上げた。

髪と身体を時間をかけて洗い上げたカイは、最後にさっぱりと肌を水で流し、涼しく風の通る脱衣所に出た。

しばらくそこでヤナの運んできた香味のあるすっきりとした果実茶を飲んで涼んだあと、部屋に戻る。

そこではミレナが案じ顔で、姉のドレスと共にエルヴァンから与えられた衣装の両方を用意していた。

『どちらをお召しになりますか？』

ミレナ自身はその質のよさと美しさに感動はしたものの、あまり後宮風の衣装は着せたくないようだった。ただ、シルカシアのドレスを強要して、カイの立場を悪くするのもどうかと思ったのだろう。

尋ねられ、カイはしばらく考えたあと、エルヴァンに贈られた光沢ある上質の絹の衣装を手に取った。目の覚めるような涼しげな空色の上着で、銀糸で細かく品のよい刺繍が施されている。上着の裾は丸く長く作られ、スリットの入った袖口はゆるやかに広がっている。カイの丸みのない身体のラインをうまく隠してくれそうだった。

合わせるパンツやスカートが、どれも肌の透ける薄い紗《しゃ》やレースでできているのには最初閉口したが、身につけてみるとガウンの裾が踝《くるぶし》近い長さのため、さほど脚の形が露出するわけでもない。ガウンの下に透ける踝や肌の色で、女性らしさを匂わせているあたりは、むしろ洗練され、計算しつくされている。思ったよりもはるかに上品な取り合わせだった。

頑なにシルカシアのドレスを着たままでもいいのだろうが、男のカイにとってはどちらも女物の衣装だ。あえて意地を張って贈られたドレスを無視するより、この宮で少しでも自分や二人の侍女らの立場をよくしておきたかった。

胸許におそらく下着用と思われる豪奢な刺繍とビーズの縫い込まれた布を巻き、その下にさらに若干の布を詰めると、薄いカイの身体もいくらか女性的に見える。

最後、カイの湿った髪を何枚もの薄布を使って丹念に乾かした二人は、くせのない髪を櫛で丹念に梳《と》かし、こめかみ近くを細い編み込みにして、その中にエルヴァンから贈られた水晶や真珠の飾りを巧みに編み入れてくれる。

喉許を覆う銀の飾りを首につけ、これまで使っていたベールよりもさらに薄い、ごくごく薄手のモスリンのベールで顔を隠すと、カイはずっとイシュハラーンまで首から下げていた母の指輪を改めて指にはめた。

そうしていると、不思議と母から守られているような気がする。

『今日もお美しくていらっしゃいます』

サザーンが言ったように髪を下ろしたイシュハラーン風にさらに手を加えたのは、シルカシアの女官らの意地なのか、ミレナとヤナは微笑んだ。

『ありがとう、行ってくる』

身支度を調えたカイは二人の侍女をその場に残すと、サザーンに案内を乞い、エルヴァンが待つという居室に向かった。

「やはり、とてもよくお似合いですよ。エルヴァン様がアイラ姫の瞳の色に合わせて、衣装や宝飾品もお選びになったのです。それを見事に着こなしていらっしゃる」

途中、中庭をまわり込む回廊で、サザーンは愛想よく誉めてくる。

「ただ…」

王子の乳母子だという男は、首をひねった。

「そのベールのつけ方は、ちょっといただけないように思います」

素足に先の尖った、羊革のやわらかな室内履きを履いたカイは、自分と同身長の男を黙って見つめ返す。

「後宮ではベールで顔を隠す時にも、目許は覗かせているものです」

別に後宮風に倣うつもりもないカイは、目を伏せ、そのまま聞き流そうとする。

「そのままでは少々野暮ったいというか、せっかくの神秘的な美しい瞳です。隠してしまうのはもったいなくはありませんか？」

野暮ったいといわれ、カイは少々考える。エルヴァンの身近に仕え、そこそこ親身に世話を焼いてくれるこの男の忠告は、一応素直に聞き入れておいた方がいい気がした。あまり忠告を無下《むげ》にして、気分を害するのも得策ではない。

カイはベールを髪に留めつけていたピンを下へとずらし、ベールを鼻の上に引っかけるようにして目許を覗かせる。確かに視界が広い方が助かるし、さすがに目許だけでは男と見抜かれることはないように思えた。

「これで？」

尋ねると、サザーンは満足げに頷き、先に立って歩いた。

エルヴァンは日中、そこで過ごすという中庭に面した部屋の敷物の上に、クッションを並べ、身をもたせかけていた。

自分の宮に戻ってきたせいか、男はこれまでに見たことのないほどくだけた、くつろいだ格好をしていた。裾の長い白いシャツとゆったりとした白いパンツはざっくりとした生地で、ずいぶん涼しげに見えた。

カイが膝を折り、両手を脇に広げるシルカシア風の挨拶をしてみせると、エルヴァンはほんのわずかに笑ったように見えた。

「長旅、疲れたことだろう」

ねぎらわれたことに驚きながら、カイはベールの陰で喉許に指先をあてがい、喉から出る声が細く高くなるよう気遣いながら慎重に声を出す。

「お心遣い、感謝いたします」

しかし、伽を申しつけられた時点で自分の正体がばれるのは時間の問題で、いつまでこの声を取り繕えばいいのかもわからなかった。

「シルカシアのドレスもよく似合っていたが、このイシュハラーンの衣装もよく似合う。空から舞い降りた天女《フーリー》のようだな」

エルヴァンは、サッファビーアで宗教上信じられているという、金の髪を持つ穢《けが》れなき天国の処女《おとめ》の名を挙げる。

ただ、あまりに淡々としたそつのない言い方には、兄のラヒム皇子やムハディ皇子がカイに向けてきたような揶揄やいやらしさはない。その分、言葉ほどに感嘆した様子もない。

色々と思慮深い反面、用心深く、よく気のつく男のようなので、単に金髪のカイを天女にたとえただけの社交辞令なのだろう。

「何か必要なものはあるか？」

「必要？」

「そうだ、ここは狭い宮だ。何か気晴らしになるものでも…、そうだな、いったい何が気晴らしになるのか…」

そこでエルヴァンはどこか疲れたような目を、庭の中央の噴水へと向けた。その表情につられるようにして、カイもしばらく共に噴水へと目をやる。

ここから自由に出られないという皇子が、自分のために何か気晴らしになるものはないかと尋ねてくる不思議…、ほんの少しの放心のあと、カイは男へと視線を戻した。

「イシュハラーンには世界の半分があると聞いております」

「確かにそうは言われているようだな」

エルヴァンは静かに答える。

「ことにサッファビーア帝国の書物は美しく、その内容も芸術性においても、私どもの国の書とは比にならないと聞いております。数も膨大なものにのぼるとか」

「書を読むのか？」

尋ねてくる男にカイは頷いた。

「もしお許しいただけるのならば、その書物のいくらかでもお貸しいただきとうございます」

「私の持っているものならば、すぐにでも。あと、何か読みたいものがあるというのなら、宮殿の図書館に借りに行かせることは可能だ。皇子用の学問所にも、書物はそれなりにある」

そこまで言って、エルヴァンはまた少し笑った。

「はたして学問所にあるような書物が、姫の慰みになるかどうかはわからないが…。すまない、私には妙齢の女性の好んで読むようなものがわからないのだ。希望があるなら、できるだけ叶えたい」

その声の真摯《しんし》さに、カイはやや心引かれた。

別にこの男には、わざわざカイの好みに合わせて必要なものを与えなければならない義理はない。無理に機嫌を取らなくても、女奴隷など自由に連れてこられる立場だろうし、むしろ、カイの方で男の興味をつなぎ止めておかなければならないはずだった。

不思議な男だと、カイは端整な面立ちを持つ目の前の皇子を眺める。

出会いがこんな形でなければ、一度、ゆっくり話をしてみたい相手だった。思慮深いのはわかるし、人間的に温かみがあるのも何となく理解できる。これが対等な友人同士であれば…、そこまで考えかけて、カイは目を伏せた。

今、姉の振りで女としてここへ連れてこられている以上、対等な関係を築くこと自体がそもそも不可能だ。どうすれば夜伽をせずに切り抜けられるのか、男だとばれずにすむのか、この宮殿から逃れることができるのか、まずそれを考えなければならない。

「あと、そうだな…」

エルヴァンはしばらく考えたのち、ちらりと視線を巡らした。

「チェンク、しばしの間、姫と二人きりになりたいが、いいか？」

そう言われてみて初めて、カイはゆらりと背の高い男が、ひっそりと入り口近くに立っていることに気づいた。

男はものも言わず、わずかばかり頭を下げて柱の陰へと姿を消す。

「姫、こちらに」

エルヴァンは立ち上がってやってくると、予想以上の強い力でカイの腕をつかんで隣の部屋へと引っ張ってゆく。

ラヒムの許に差し出される前、この男に有無を言わさずにドレスの裾をまくり上げられたことのあるカイは、その力の強さに怯えた。

『…っ！　やめろ…っ！　嫌だっ！』

母国語で叫ぶ口許を男の大きな手が覆い、叫びはその中に呑まれた。

「しっ！　無体はしない。話がしたいだけだ」

カイを隣室の天井から帳を下ろした閨の奥へと押し込みながら、エルヴァンは低く押し殺した声でささやく。

「でもっ…！」

日中でも仄暗い広い閨の中、すぐ側に男の体温を感じ、カイはまださらに暴れる。

怖かった。力ではかなわない。力だけでなく、この男はそれなりに体術を心得ている。カイの抵抗など、簡単に押さえ込めるほどの体格差もある。

ばれると思った。男だとわかってしまうという焦りが、カイをなおも足掻かせた。

「怯えさせてすまないが、聞いて欲しい」

すんなりと長い手足を布団に押さえつけられ、男の手で覆われた口許で、カイの息が荒く弾む。

「閨以外の言動は、すべてチェンクの監視下にある。だから、ここで話を聞いて欲しい。乱暴はしない」

カイは喘ぎながら、懸命に肩先で男の胸を押し上げようとする。すぐ近くで目が合った。

緑色のあの瞳だ。綺麗な色の…、なぜこんなに目の色がはっきりと見えるのかと思い、カイはハレム風の衣装だと、目許にベールがかかっていないことを思い出す。顔の下半分は覆われているが、目許を隠す紗がないため、直接に男の目の色が見える。

カイは目を逸らすこともできず、ただエルヴァンの瞳をすぐ下から見上げていた。

「しっ…」

エルヴァンは唇の前で一本指を立て、帳の向こうの気配を窺う。これはもしや、席を外させたチェンクの様子を窺っているのだろうかとカイは思った。

暗殺集団『カーティラ』のメンバーで皇子の護衛と聞いたが、同時にエルヴァンを監視してもいるという意味が、すぐには解せない。

エルヴァンはカイと身体を添わせ、カイの身体を自分の身体の陰に隠すようにしながら耳許に唇を寄せてきた。

「食事に気をつけろ」

「食事?」

カイは焦りと恐怖、混乱から半ば涙目になった目を男へと向ける。

「そうだ、体調が悪いと思ったら、しばらく果物などで凌いでみるといい。何か市場で食材を買ってこさせて、侍女に簡単なパンやスープを作らせてもいい」

「…なぜ?」

かすれた声は喉に引っかかり、とてもなめらかには聞こえなかった。

「姫君にこんなことを言うのもはばかられるが…」

エルヴァンは少したためらったあと、カイから逸らした目をやや伏せ気味に言葉を続けた。

「堕胎薬《だたいやく》が食事に混ぜられる可能性がある。月ものに気をつけろ、男の私やサザーンではあまり相談に乗れないだろうから、不安があればそなたの侍女に聞くといい。困った時には医師を呼んでもいいのだが……」

堕胎薬、月のものと言われてピンとこなかったカイは、侍女や医師と言われて、ようやく何を言われているか呑み込め、混乱しながらも耳許まで朱に染める。

女でないとは言えず、閨の中で密着した姿勢なだけに自分には関係のない話だととっさに割り切ることもできず、ひたすらにエルヴァンの熱から逃れたいともがいた。

エルヴァンはその羞恥がわかったのか、一瞬身体を離してくれたものの、次はカイの解いた髪の一部を捕らえ、身を寄せてきた。

「その医師が信用おけぬ」

耳に入ったあまりにも冷静な男の声に、それまでもがいていたカイはすぐかたわらの男へと視線を戻す。

閨房の中で二人、身を寄せあって話すには異様なまでに冷めた声だった。

「信用？」

サッファビーア帝国の医療技術といえば、世界中で最先端だ。それはカイも敵国ながらよく知っている。

姉の病も、もしやサッファビーアの医師ならば治すことができた、あるいは少なくともいくらかは長らえさせることができたのではないかと思ったことがある。

その医師が信用できないという言葉の意味がわからず、カイは再び男の目を近い距離から見上げた。

「そうだ。本来は我が国の医療技術は世界随一ともいえる水準だ。だが、その技術は私やそなたのためには用いられない。すべては皇帝のためにある」

「…皇帝の？」

城の一郭に住まわせた皇子が、そこを出入りできる、できないを決める権利すら握っているという皇帝だ。むろん、医師も皆、皇帝のために存在するというのはわかるが…。

「そうだ、医師がやってくる時には、たいていその者は皇帝の命を帯びてやってくる」

エルヴァンは兄ラヒムの寵姫となるよう勧めた時と同じく、低く小声で言い含めるように話す。

「この城内にて、何者も皇帝の在位を脅かさぬようにだ。医師はそのために動く。揉め事の種を摘むために」

それは…、とカイは声もなく瞬いた。

エルヴァンが言外に匂わせているのは、皇帝の在位を脅かすと思われているのは皇位継承者である皇子達という意味なのだろうか。

血を分けた実の息子が皇帝を脅かす？…、とカイは混乱する。

皇位を巡る兄弟間の確執ならまだ理解できないでもないが、絶対的な権力を持つ皇帝が、それこそ今やどの国にも脅かされることのないほどの強大な軍事力を持つ国の皇帝が、実の息子をそこまで疑うものだろうか。

堕胎薬、皇子の子を身籠もった可能性のある女の許へ、皇帝の命を帯びて揉め事の種を摘むためにやってくる最高の技術を持った医師…、どういう意味だとカイは懸命に考えを巡らせた。

「急にこんなところに引き入れて悪かった。体調には十分気をつけてくれ。私もできる限りのことはするつもりだが、最終的にここでそなたを守るのはそなた自身しかいない」

そう言うと、エルヴァンはカイの手を取り、身体をそっと起こしてくれる。まるで壊れ物でも扱うようなその手つきに、カイは逆に驚いた。

闇の中から帳の外へと、カイに手を添え、連れ出しながらエルヴァンはまるで耳許に口づけるように顔を寄せてくると、ささやいた。

「姫、自分で自分の身を守るのだ」

この男は何を言っているのだろう、とカイは眉を寄せる。

いったい自分がシルカシアに何をしたか、今はカイが姉のアイラを装っているが、捕らえたシルカシアの姫をどうしようとしたか、理解していないのだろうか。

自分を守りたくても、カイはラヒムによってこの男に下げ渡された身だ。

確かにサザーンは、これでエルヴァンが兄の不興を買ってしまったとは言っていたが、それはカイには関係ない、エルヴァンら兄弟間の確執だ。

「では姫、今宵、また…」

背中に手を添えられ、まるで愛しむような仕種と、さっきまでとはうってかわった甘い声と共に寝室から出されたカイは、寝室のすぐ横にある衝立の陰に、目の上に傷を持つ長身の男がひっそりと立っているのに気づいた。

暗殺要員《カーティラ》の男…、とカイは目を見開く。気配もなく寝室の様子を窺っていたらしき男に、一瞬、寒気に近い恐怖を感じた。

いったいこんな場所に潜んで、この男は何に聞き耳を立てていたのか。

背筋に怖気《おぞけ》が走る。

「チェンク」

まるで男がそこに立っていることがわかっていたかのように、エルヴァンは男を呼んだ。

長身の男は表情もなく、胸に手を当て、わずかばかりに頭を下げてみせる。

「姫を部屋まで送ってさしあげろ」

「承知いたしました」

どこかかさついたような潤いのない男の声を、カイはその時背中が凍りつくような思いで聞いた。

Ⅲ

古今東西の物語、星座の物語と解説書、色とりどりの花や植物を集めた図版、サッファビーアの歴史書と、サザーンの手によって運ばれてきた十冊ほどの書物に、カイは目を丸くする。

「エルヴァン皇子が、姫にお渡しするようにとおっしゃったものです。お好みを教えていただければ、他にも探してみようとのお言葉でした」

サザーンを見送ったカイは、積まれた本を一つ一つ手に取って開いてみる。

それは一冊ずつ専門の職人によって写本され、色づけ、箔押しされた非常に豪華な本の数々で、どれも思わず溜息が出るほど貴重な書物だった。おそらくシルカシアでは、どれだけ金を積んでも買えない稀少なものだ。

あの男は贅沢にもこれを貸そうというのだろうかと、カイはしばらく目の前の本に見入ってしまう。

『…まぁ、こんな見事な本』

ミレナとヤナも、これまで見たことのないほどに美しい装丁の書物に驚いて目を見開いている。

『これは皇子の趣味なのだろうか？』

『さぁ…、やや女性向けに選ばれている気はいたしますが…』

妙齢の女性の好む書物がわからないと言っていたエルヴァンだが、あの男は男なりに自分の宮へとやってきたカイのために気を配っているようだ。ラヒム皇子やムハディィ皇子らのように、あからさまに好色な目をカイに向けてくるわけでもない。

いったい、何を意図してなのかはわからないが、悠長な分、まだカイに分《ぶ》があるといえるだろうか。今宵、また、とは言われたけれども…、とカイは物語書《ものがたりしょ》のページをいくらかめくる。

『この種の物語書を持っているということは、こういう話に興味がないわけではないのだろうな』

呟くカイに、ヤナは頷く。

『そうでしょうね、ひと通り読み込んだ跡がありますし』

ならば…、とカイはミレナとヤナの顔を見る。

『好きな男がいると言ってやるのはどうだろう？　なので、こちらの気持ちの整理がつくまでは、閨で話し相手をするだけにとどめたいというのは？』

二人の女官は顔を見合わせ、それは…、と口ごもる。

『そのようにうまくいきますでしょうか？　確かにあまり好色な印象はありませんが、でも…』

この宮で閨に侍るために連れてこられた女奴隷が、好きな相手がいる、だから自分は夜伽をしたくないと言ったところで、そんなものをまともに取りあう人間がいるとはとても思えないのだろう。

『でもと言われても、さすがに私にもこればかりは相手のしようもない。もともと無理な話なのだから、無理を承知で願い出てみるのもいいのではないか？』

そうでなければ、カイにとってもこの二人にとっても身の破滅だ。

これまでのカイに対する態度を見る限り、エルヴァンは相当頭がよくて理性的な相手だと思う。普通の男ならば通じない話だろうが、あの男に限っては話の持っていきようによっては、カイの願いを聞き入れてくれそうな気がした。

『うまくいけばいいですけれど…』

案じ顔のヤナを横に、カイはどうやれば話をうまく進められるだろうかと考えていた。


カイはその晩、夕餉《ゆうげ》が終わると意を決してエルヴァンの部屋を訪れた。

宮の中の掃除などを担当している喋らない老夫婦らの姿はすでになく、エルヴァンの部屋の扉はサザーンが開けてくれた。

今宵、また…と言ったわりには、カイの姿を認めたエルヴァンは少し驚いたようにも見えた。まるでカイが自分からやってくるとは思っていなかったようだった。

「…迷わなかっただろうか？　この時間になると、下働きの者らは皆、下がっていておらぬのだ」

エルヴァンはカイに、中に綿を詰めた厚みのある丸い敷物に座るように勧めながら尋ねてきた。

迷うほどではないが、確かに中庭を取り囲むように造られた宮の構造は少々入り組んでいる。

「大丈夫です。それにあの者らは…」

話しかけても口を利かないのに…、とカイはその先を濁した。働いている人間をむやみにけなされては、エルヴァンもあまりいい気分ではないだろうと思った。

それでもエルヴァンはカイの言いかけた先を、巧みに汲み取ったようだった。

「彼らはもともと口を利けないのだ。悪意があってのことではない、許せよ」

カイは鷹揚に言ってのける男を上目遣いに見上げる。意外だったが、下働きの人間まであっさりと庇う様子は、あまり悪くは思えなかった。

「何か果物でも持たせようか？　あと、サザーン、姫に何か冷たい飲み物を」

食事を終えて、書物に目を通していたらしき男は、その書物をかたわらへ置きながらサザーンに命じる。

本当に就寝前までの時間をくつろぎながら過ごしていただけのようで、昼間とは違ってカイが来る用意もしていなかったようだ。

「書物をお貸しいただいたお礼を…」

ああ、とエルヴァンは頷く。

「好みがわからなかったので、とりあえず個人的にどうだろうと思ったものを持たせた」

「とても嬉しゅうございました、珍しくて…」

　カイは地声に戻らないよう、控えめに慎重に声を出す。

「シルカシアでは手に入らないような、見事な書物にございました」

「そうか、気に入ってもらえたならいい」

　エルヴァンはゆったりと微笑む。ああ、この男はこういう風に笑うのかと、カイはしばらく理由もなくその笑みに見入ったあと、本来の目的へと戻る。

「もし、あのような物語をお望みなら…」

　言いかけたところに、サザーンが果汁と葡萄酒を割ったものを冷たい器に入れて運んでくると、失礼いたしますと声を出した。

「よろしければ、私どもはこれで失礼いたします」

　サザーンは部屋に詰めていたチェンクを示し、一礼する。

「ああ、今日もよく勤めてくれた」

　ねぎらうエルヴァンに、二人は退室してゆく。気を利かせてくれたつもりなのかもしれないが、二人きりにされたのは自分にとって吉と出るのか、凶と出るのか…、とカイは腋窩《えきか》に冷たい汗が伝うのを感じながら、エルヴァンを見上げる。

「エルヴァン様は、あのような物語を好まれるのでしょうか？」

「嫌いではないな」

　ランプの炎が揺らぐ中、またエルヴァンは微笑む。片膝を立て、重ねたクッションに背中を預けてくつろぐ姿は、それこそ絵物語の貴公子ように美しかった。

「では、私が知るカフカス地方のお話をさせていただくのはいかがでしょう？」

「カフカス地方の…？」

「それはまた、なぜだろう、姫。その話を私の不興の慰みにしてくれるというのだろうか？」

エルヴァンは髪をかき上げながら微笑んだ。

頭のいい男だ。それなりに理由があって、カイがこんなことを言いだしたのだとすでに見抜いてはいるらしい。

「…シルカシアに、好いた相手がおりました」

「ほう」

エルヴァンはわずかに目を眇めただけだった。

気分を害したようでもないが、とりたてて興味を持ったようにも見えなかった。ここで不愉快な話、別の男の話をするなと怒りださないだけ、まだこの男は度量が大きいのだろうか。

「このイシュハラーンに連れてこられた以上、どうにもならない想いだとはわかっております。でも…、とカイは極力男と視線を合わさないよう、目を伏せて声を絞る。

「気持ちの整理がつきますまでは、どうか夜伽をお許しいただけませんでしょうか？」

エルヴァンは何とも応えず、ただカイを見るばかりだ。カイは細い声を作り、手を前について頭を下げ、ひたすら賭けに出る。男に嫌だと言われてしまえば、それまでだった。

「私の気持ちの整理がつきましたら、その暁には皇子に真《まこと》を捧げます。精一杯、お気に召すよう努めます」

「その代わりに、夜毎に伽話をしようというのか？」

淡々とした声でエルヴァンが尋ねてくるのに、カイは頷いた。

「はい」

膝に腕をかけたエルヴァンは、しばらく黙ってカイを見ている。カイはベールの陰で唇を噛み、ただひたすらに男の返事を待った。

緊張と焦りに、握りしめた手が汗でじっとりと濡れているのがわかる。

「…別にかまわないが」

エルヴァンはゆっくりと立ち上がると、白いシャツの上に羽織っていた薄い羽織り物を脱ぎながら、立ち上がる。

「一応、姫は兄から私に愛妾という形で下げられたことになっている」

男は肩越しに振り返る。

「ただ夜毎に部屋で話をすると伝えられては、私も立場がない」

夜毎に部屋で話をしているだけだと、あえて外に伝える人間というのは、チェンクのことを言っているのだろうかと、カイは息を詰める。

だから、お伽話だけでは許さないという意味だろうかと、カイは身構えた。

エルヴァンはそれにはかまわず、隣の寝室への扉を開いた。

「こちらへ、姫」

振り返る男に腕を差し出され、カイは身を固くする。

「約束は守ろう。そなたの気持ちの整理がつくというまで」

エルヴァンは寝室の方へと、カイを促す。

「これがそなたの身の守り方だというなら、それもいいだろう」

これは昼間、カイに自分の身は自分で守れと言ったことを指しているのだろうかと、カイは危ぶみながらも立ち上がる。

すでに先に立って寝室へと入ったエルヴァンは、広い閨の横のランプの火を絞ると、閨の帳を片手に掲げた。

カイは身体を抱くようにして、その身を仄暗い内側にすべらせてゆく長身の男の意図を探ろうとする。

エルヴァンはカイのため、まだ片手で帳を上げたまま、微笑んだ。

「大丈夫だ、手出しはしない」

そこでカイがこの男を信じたのは、エルヴァンがラヒムの天幕に行く前にカイが隠し持っていた鋏を取り上げた時、そして、今日の昼間と、カイを十分に押さえ込めたにもかかわらず、一方的な乱暴を働かなかったからだった。

カイはエルヴァンに続き、仄暗い閨の中へと身を進める。

幾重にも重なった薄い帳越し、繊細な細工のランプの炎が細く揺れているのが見える。

カイとは少し離れた布団の上に身を横たえながら、エルヴァンは尋ねた。

「さて、どんな話を聞かせてくれる？」

カイは男との距離を測りながら、自分も半ば閨の中に身を横たえると、まだ緊張で硬くなった声で話しはじめた。

「ある山あいの村で、心やさしい少女が飼っていた白い二頭の馬の話をいたしましょう。それはカフカスの雪の峰にも似た、真っ白な馬でございました」

エルヴァンは頷き、その続きを促した。

Ⅳ

三日ほど、閨の中で自分が子供の頃に母から聞いた話を続けたカイも、話ばかりではさすがにエルヴァンの気持ちをいつまでも飽きさせずにいることは難しいかもしれないと考えた。

後宮で専門の教師から楽器の演奏や礼儀作法を学びたいと申し出てみると、エルヴァンはあっさりと承諾した。二人の女官も、カイが指導を受けている間は別室で待たなければならないが、その行き来に供として同行していいという。

最初、カイはこの『金の鳥籠』と呼ばれている場所を出て後宮に入ってしまえば、それなりに逃げ出す機会があるのではないかと思った。

しかし後宮までの道は、チェンクのような鋭い目つきをした独特の風体の男が二人――これはあとでチェンクと同じカーティラの男だと聞いたが――と、武装した黒人宦官四人に周囲を固められ、逃げ出す機会などどこにもなかった。

サッファビーア帝国から何百人と美女達が集められているという後宮は、話に聞くほど居心地のいい場所には思えなかった。女達の集団と行き会うと、自分の正体がばれるのではないかと身を縮めてやり過ごし、話し声が聞こえれば自分の気配を悟られないようにと、カイは必死に目を伏せた。

最初にカイはミレナとヤナと別れてこぢんまりとした別室に通されると、三十代半ばぐらいの専門に美容術を行うという二人の女奴隷によって、膝下と腕の毛をすべて砂糖とレモンを練って固めた飴状のもので取り除かれた。

本当は髪と眉以外のすべての毛を取り除くと言われたが、それだけは身近に寝起きする女官に頼みたいと断り、ほとんど這々《ほうほう》の体《てい》で小部屋を逃げ出した。

次に性技の手ほどきを行うという、四十代半ばほどの女性頭が現れた。どこか南方の女らしく肌の黒い、遠慮のなさそうな女だった。楽曲や踊り、歌や詩、礼儀作法などを教える女性頭がいるように、この女は閨房中の秘技を教えるのだという。

当然、生娘だろうと尋ねられたのち、カイはやはり後宮にやってきて間もないというまだ若い十代半ばの赤毛と黒髪のベールで顔の下半分を隠した娘二人と共に、中央に台のある部屋に通された。

カイ以外の二人の娘は、皇帝のために後宮に上げられた者達で、二人共西方より連れてこられたらしい。どちらもまだテュルク語が満足に話せず、二人共、カイを皇帝のために後宮に上がった同じ女奴隷の一人だと思っているようだった。

「後宮に来た以上は、まず自分が皇帝陛下のために何をせねばならぬか、わかっておらねばなりません。夜伽とは何か、実際にお声がかかった時に何をするのか、どうすれば閨で皇帝陛下をお慰めできるのか、それをしっかり身につけておかないと、二度とお声はかかりません」

女性頭は辛辣《しんらつ》に言い放つと、まず男女の接合図を見せ、閨で起こることを説明したあと、次の間で控えていた女奴隷と宦官を呼んだ。宦官は不完全去勢で睾丸を取り除かれているので、実際の男性とは少し異なるのだとの前置きすると、女性頭は女奴隷と宦官に服を脱いで台に上がるように命じた。

二人はそうして教材代わりに台に上がることに慣れているようで、女性頭の命令通り、実際の交合を三人の目の前で始める。

生々しい眺めに声もなく目を逸らす三人の態度もあらかじめわかっていたようで、女性頭は目に入れるまいと顔を背ける三人を叱りつけながら、男性機能の奮い立たせ方、基本の交わり方とてきぱきと具体的に指し示して教える。

こんな特殊な宦官もいるのかという驚きよりも、羞恥と身の置き所のないいたたまれなさに、カイは何度も目を伏せて、女性頭に声を荒げさせた。

指導が終わる頃には、すっかり毒気に当てられたカイは、半ば色を失って言葉もなく部屋を出た。安易に後宮で学びたいなどと言ったことを、ひたすらに後悔していた。

遅い昼食は休憩用に設けられた一室でミレナとヤナと共にとったが、飲み下したものはほとんど味がわからなかった。

午後からはイシュハラーン風の舞を教えるからと別の女性頭に呼びに来られ、カイはほとんど諦めの気持ちで立ち上がった。

V

後宮に通いはじめて十日ばかり経った頃、カイはミレナらと共に皇帝スラッサード三世の偉大さを身をもって知るという理由で、黒人宦官らに伴われて第一宮殿にある広大な謁見の間へと通された。

そこは中に入ると息を呑むほど天井に高さのある巨大な広間で、金と銀、そして目も覚めるような鮮やかな青で彩られていた。丸い大型のドーム天井を支える複数の天窓からは明るい光が降り注ぎ、高い天井からは硝子の巨大なキラキラとした王冠型のシャンデリアがいくつも下がっている。その硝子がさらに天井からの光を跳ね、その広い空間にまるで夢のようにも見える幻想的な眺めを作っていた。

「…すごい」

ここまで美しい建物があるだろうかと息を呑むカイは、続けて謁見の間から第二宮殿と連れられてまわる。

皇帝が通りかかると言われたのは、ちょうど第二宮殿から後宮へと戻ろうとした時だった。

直接に顔を合わせることのないよう、飾り格子の後ろへ下がるように命じられ、カイは背の高い男が何人もの小姓や宦官、廷臣らを引き連れ、回廊をまわってゆくのを見た。

飾り格子の隙間から、ゆったりと裾の広がったイシュハラーン風の豪奢な衣装と、ラヒム皇子よりも高く巻いたターバンに重たそうな宝石をつけた男が見える。

エルヴァンの長身は、この皇帝に似たのかもしれない。

しかし…、とカイは眉を寄せた。

どこかラヒムに似た、青白い顔の太った男は、立派な髭を蓄えた顔立ちそのものは悪くない。

だが、何だろう、この生理的な嫌な感じは…、とカイはまだ口を利いたこともない男を眉をひそめたま
ま、じっと見ていた。

皇帝と崇め奉られるエルヴァンの父親は、身長以外、エルヴァンに似たところは何もないように見えた。


その日の午後、いつもの房中術を教える女性頭は、カイと他の二人の女奴隷に、今日はいくらかの実技練習を行うと言い放った。

「姫様にはこちらを」

カイをシルカシアから連れてこられたと知る女性頭は、一応、カイを姫と呼ぶが、そこには何の敬意もない。女性頭はひと抱え以上ある箱の中を探り、取り出したものを葡萄酒ですすぐと、布で拭って差し出してくる。

それはどう見ても、形といい、大きさといい、男性器を象《かたど》った張り形状のものだった。

正気なのかと、カイは差し出された張り形に手を出さず、むしろ、手は後ろに引っ込めたままでただ女性頭の顔を眉を強く寄せたまま見た。

「さっさと持って！」

女性頭に怒鳴りつけられ、やむなくカイは張り形を受け取った。

他の二人もおずおずとした手つきで、それぞれに差し出された張り形を受け取る。

「最初の日に女奴隷が、宦官に一番初めにしてみせたことを覚えていらっしゃいますか？」

覚えているというより、あまりに衝撃的すぎて呆気にとられた愛技だったと、カイは目を伏せる。

「皇帝陛下は何人もの寵姫を持っておいでで、その寵姫らは皆、進んで陛下にお仕えしています。その寵姫らにも負けないほどの積極性をもってお悦《よろこ》ばせしないと、せっかくお声をかけていただいても、二度と褥を共にしていただけないことになります」

言い放つと、女性頭はそれを相手のものに見立てて口に含めと言いだす。それこそ一番初めの扱い方から、口のつけ方、舌の使い方まで、快感の引き出し方を言い含められ、カイは嫌々指図に従う。

しかし、男のものに似せた張り形をいつまでも口に頬張っていると顎は疲れるし、実際に男の自分がこんな真似をするなど、馬鹿げているし、無意味で気味が悪い。

「いつまでそんなに嫌々やっておいでなのです⁉」

気の進まないカイの態度が癇に障ったらしく、女性頭は目を吊り上げた。

「まぁ、エルヴァン皇子ならば勘気《かんき》をこうむったからといって、夜中に袋詰めにして海に捨てられることもないでしょうけれど！」

老獪《ろうかい》な女性頭は『投水』という、聞いたこともない言いまわしと共に小皺の多い目許を細めた。女性頭がエルヴァンの名を出すのは初めてだったが、それなりの歳なだけに、どうもエルヴァンの人となりを知っているらしい。

「エルヴァン皇子は、皇子方様の中ではもっともお人柄もよく、見目形も麗しい皇子です。姫君もこのイシュハラーンにいらっしゃったからには、いつまでもお高くとまっておられずに、少しでも積極的に皇子をお悦ばせするよう努められればよろしいのに。あんな立派な殿方の相手など、望んでもできない者の方が多いのですから！」

いっそ、忌々しいというように、女性頭はカイを睨《ね》めつけた。

「…わかりました、努めます」

房中術を学べと後宮にあえて送り込まれている以上、きっちり仕込まなければこの女性頭も立場がないのだろうかと、カイは辟易しながらも突き出された張り形を口に含み、言われるがままに舌を使い続けた。

午後の指導が終わり、他の二人の女奴隷と共に部屋を出たカイは、憔悴《しょうすい》しきって二人の女官が控えていた間に戻る。

『…大丈夫ですか？』

ミレナが気遣わしげに声をひそめて尋ねてくるのに、カイは暗澹《あんたん》たる気持ちで応えた。

『疲れた…』

それ以上言葉を発しない主人をどう思ったのか、二人はただ黙って、ディライ宮へと戻る道を歩いた。

Ⅵ

その朝、カイは寝台に横たわったまま、しばらくぼうっと朝の陽射しに透けて揺れる帳を見ていた。

前の晩、エルヴァンにカフカスの森に住む精の話をしたせいだろうか、故郷シルカシアの清々しい森の中を兄と共に馬を駆けさせた夢を見た。

時々、こうして夢を見る。故郷シルカシアの青い空と美しい山々と、深い森の緑と、そこで微笑む両親や兄の笑顔を…。思い出すのは両親や兄の最期の無惨な姿ではなく、楽しかった時間ばかりだ。

だが…、とカイはゆっくりと瞬く。

故郷を離れたこの宮でずっと姉の姿を装ううちに、最近、故郷で幸せに過ごしていた頃の感覚がずいぶん遠いものに思えるようになった。

それどころか、あの故郷で過ごした日々ですら、どこか夢のようにも思えてくる。あれらの日々はカイが垣間見た夢で、実際の自分はここでずっと過ごしていたような…。

そのくせ、男である自分の正体がばれるのではないかと息をひそめて暮らす歪《いびつ》な日々…。

カイは頭をひと振りすると、寝台から下りた。

『少し寝過ごした』

二人の女官の待つ居室に行ったカイに、ミレナはいいえ、と首を横に振る。

『慣れぬ日々で、お疲れなのでしょう』

楽器の演奏方法を習う日などは、まだ房中術を教えられるよりもはるかにいいが、それでも後宮へと足を運ばなければならないカイを案じてくれているらしい。

カイは用意された絞りたてのオレンジの果汁をひと口飲むと、しばらく中庭の噴水を眺める。

『いいだろうか?』

呟いたカイの声に何事かと顔を上げた二人にかまわず、カイはとんと床を蹴った。そのまま、宙で脚を舞い上げ、回転する。

身体は思うようにまわらない。カイが子供の頃から得意だった舞、母を喜ばせ、父を笑わせたシルカシアの男衆の躍動感ある跳躍と回転を生かした舞が、ここ数ヶ月も踊っていなかったせいだろう、最初はなかなか踊れなかった。

エルヴァンの前で女達の舞を踊った時には、まだもう少し身体もうまく動いたが、やはり男達の舞は勢いがある分、身体が追いついてこない。

それでも、部屋の中で何度か跳ね、腕を動かしてゆくうち、忘れていた動き、感覚が思い出されてくる。

カイが踊るのを見てとったミレナが、手を打った。続けて、ヤナも手を打つ。小刻みに手を打つ独特の拍子に、ヤナの歌声が重なった。

シルカシアで長く歌いならわされた祭りの歌に、カイは微笑み、細かなステップを刻みはじめる。ステップと軽やかな回転、弾む身体を宙で止め、次の体勢へと移る。腕を振り、袖を翻し、しばらく囃してくれる二人と共に踊り続ける。歌いながらミレナとヤナがドレスの裾を揺らし、ゆっくりと優雅に円を描いてまわった。

二人の喉からも、しばらく忘れていた楽しげな笑いが洩れる。

目的を見失ってしまいそうな自分のため、カイは朝食の前に二人と共にしばらく踊り続けた。

カイがミレナとヤナを伴い、後宮の回廊を目立たないようにまわってゆくと、数人の女達の集団がやってくるのが見えた。

地味なしつらえの側仕えの女達数名と、その中央で明るく声を上げて笑う小柄な金髪の女だ。女主人と見受けられる金髪の女は、背は高くないが、豊満な身体つきはいかにも女性らしく、顔も目立って美しく華がある。

皇帝の愛妾の一人なのだと、ひと目見ればわかった。

イシュハラーン風というより、欧風寄りの衣装を身につけていて、ドレスの形はシルカシアのものにも似ているが、胸許はより大きく開き、白く豊かな胸を強調したものだった。それなりに身分も高いのか、髪や首、腕にも、いくつもの宝石を身につけている。

カイはできるだけ目を合わせないよう、ミレナらと共に回廊の端に寄って道を譲り、会釈をしてやり過ごした。

目立っては困る。何人もの女達が集う場所で、女としては異形だと悟られては困る。そのため、後宮にやってくる時にはほとんど声を発したこともない。言葉のわからない振りで、女達の世間話にも応じたことがなかった。幸いにして、後宮の女達は様々な地域から集められてくるせいか、言葉が通じなくともまだ怪しまれてはいないようだ。

「誰？」

すれ違った後、金髪の女主人が尋ねるのに、かたわらの侍女が答えている。

「ディライ宮の…エルヴァン皇子が…」

「ああ、四年ぶりにディライ宮に召された…？　ラヒム様はもう八人も愛妾をお持ちだけど」

「あの者、少し背が高すぎるんじゃありませんか？」

「確かにカフカスは美人が多いですけど、皆、背が高く痩《や》せすぎていて…」

ひそひそとささやき交わす女達の声を、カイは聞こえない振りでやり過ごす。

四年ぶりにエルヴァンの宮に召された女奴隷、人嫌いの皇子…、などと後宮に来てみると、ディライ宮にいるだけではわからないエルヴァンの人となりが耳に入ってくる。

『居心地の悪いところですね』

ミレナが控えめにささやいた。

確かに自分はさっさとエルヴァンの宮にやられ、この後宮で他の女奴隷と妍を競うわけではないのが、まだ救いなのだろうかとカイは小さく頷く。

妙齢の美女が集まっているとはいえ、ミレナの言葉通り、後宮はとにかく居心地の悪い場所だった。エルヴァンにラヒム皇子の天幕に連れられていった時同様、誰もがけして本心を表に出さずに表面上を取り繕っている。そのくせ、こうしてあけすけな声は耳に入ってくることも多く、うそ寒い気持ちになることが多かった。

『「金の鳥籠」とやらに入っている皇子の動向が、そんなに気になるものなのだろうか？』

『まぁ、人の噂話以外には、他にすることもない場所でございますから』

ミレナとヤナは諦め交じりの吐息をつく。

『でも、おかげでカイ様をお待ちする間に、そこそこ下働きの女達の話も洩れ聞きました。後宮でエルヴァン皇子の人となりや姿を知っている者はそれなりに年配の女ばかりのようですが、言動そのものはかなりまともな皇子だとか』

それが救いでしょうか、とミレナはぼやく。

『それは知っている。まぁ、上の二人の皇子よりははるかに』

カイは自分を床に転がして、ベールを剝ぎ取ったラヒムの好色な様子を思い出す。ラヒムやムハディの許へ行かされていれば、今頃自分はこの二人の侍女と共に目の前の海に沈められていたかもしれない。女性頭にも散々に脅かされたところだ。

『でも、これまでエルヴァン皇子の許に上がった二人の女奴隷は、二人共すでに命を落としたとか。お気をつけくださいませ』

エルヴァンはエルヴァンで信用ならないというヤナのささやきに、カイは足を止めた。

『二人？』

すでに二人も、誰かエルヴァンの寵を受けた者がいたのかと思うと、何ともいえない重苦しい微妙な気持ちが起こる。

その一人は、さっきすれ違った女達の話していた、四年前の女なのだろうか…、とカイは長い睫毛を半ば伏せる。

そして、サザーンなら、その経緯を知っているだろうかと考えた。

少し聞きたいことがあるのです、とカイはエルヴァンの部屋に向かう前に、回廊で行き会ったサザーンを呼び止めた。

「このディライ宮に侍った女性…ですか？」

サザーンは何とも微妙な表情を見せる。

「そんなことを聞いて、いったいどうなさろうというんです。誰にとっても、あまり楽しい話ではないと思いますが。どう話してみたところで、アイラ姫も内心穏やかではいらっしゃれないでしょう？」

カイは用意しておいた言い訳を口にする。

「エルヴァン様のことを少しでも知りたいのです。理解して、お慰めしたいのです」

「理解とおっしゃったって、そんなことを聞いてもちっとも愉快にはならないでしょう？　誰だって、好いた相手の過去を知ったら、何とはなしに嫌な気分になるもんです」

好いた相手というわけではないのにと、妙なことに苛立ちながらカイは言いつのる。

「それも承知で、聞かせてくれと頼んでいるのです」

「またぁ…、私は何も気にしませんという利口な顔を見せる女君が、裏でとんでもなく怒っていらっしゃるというのは、後宮ではよくある話なんですよ。今はよくても、あとになって腹が立つっていうのもよくある話で」

軽くあしらうようなサザーンの言い分に、カイは知らず細い眉を寄せていた。

「私は…、そのような人間に見えますか？」

思わず口から洩れたカイの言葉に、サザーンもそれまでのおどけた雰囲気を少し変えた。

じゃあ、ここだけの話にしておいてくださいよ、絶対ですよと何度も釘《くぎ》を刺《さ》し、子供の頃から後宮育ちだというサザーンはようやく話しはじめた。

「最初はエルヴァン様が十四か五の頃に来た女です。こういう女っていうのは、決まって男にとっての閨の手ほどき、指南役ですから、四つ、五つぐらい上の女でした。ハレム出の女ですからもちろん美人ですし、情の細かいやさしい女でしたから、エルヴァン様も慕わしく思われたようですが、この女は妊娠しないように薬を飲まされていました。それで身体を壊して、さほど日にちも経たないうちに死んでしまいました」

「死んで？」

「そう、あるんですよ。女を孕ませないようにする薬がね。これが合わなかったんでしょうね。出血が止まらず、弱って死んでしまいました」

カイはエルヴァンが食事に混ぜられる堕胎薬に気をつけろ、と最初の日に注意したことを思い出す。

「そんな…、酷い」

「酷いっていうか、まぁ、揉め事の種は摘まれるっていうか。エルヴァン様も私も、最初はそんな薬があるとは知りもしませんでしたし、あの女にはかわいそうなことをしました」

むろん、カイもそんな薬の存在は知らない。十四、五の少年なら、普通は思いあたりもしないだろう。

サザーンは渋い顔を作ってみせる。

「原則、皇帝となるまで皇子には子を作らせないのが暗黙の了解ですから、皇子の愛妾は皆、石女《うまずめ》であることが要求されるんです。ですから、姫も愉快な話ではないでしょうが、後宮の女性頭達から、子供を身籠もらないようにする方法をしっかり教わっておかれた方がいいです。ご自分のためにも」

自分の身は自分で守れとささやいたエルヴァンの声が蘇《よみがえ》る。

「私のため？」

「そうです、四年前にエルヴァン様の子を身籠もった女…、まぁ、これはムハディィ皇子の差し金でやってきたトリポリの女でしたが、これがエルヴァン様に入れ揚げて子供まで身籠もりまして」

「トリポリ？」

「ええ、地中海に面した南西の街です。古くからの商業都市ですよ」

サザーンは主人の寵姫相手に、こんな赤裸々な話はしづらいのだと何度も断ったあと、目鼻立ちのはっきりした、肌の浅黒い情熱的な女でした、と説明する。

「ムハディィ皇子の差し金とは？」

「まぁ、あの方もラヒム皇子も、隙あらばエルヴァン様のお命を頂戴しようと思っていらっしゃいますから。薬によく通じた、手練れの老女らが二人ほど女についてきました。あの時はエルヴァン様も盛られた毒で体調を崩されて、半年ほどは寝たり起きたりを繰り返しておいでででした」

想像以上に過酷なイシュハラーン城の皇位継承問題に、カイは戦慄《せんりつ》する。

「毒を盛ったりというのは、ここではよくある話なのですか？」

「よくあるかどうかはわかりませんが、エルヴァン皇子の下の第四皇子はすでに亡くなっておいでです。第五皇子はまだ六歳と幼く、もともと身体もそう丈夫ではありませんから、はたして皇子が後宮から出る十一歳の頃までご存命かどうかは、わかりません」

このサザーンの言い分では、第四皇子はすでに亡く、第五皇子の成人は見込めないため、実質、エルヴアンを含む三人の皇子が皇位継承権を持っているとのことだろうか。

「でも、その送り込まれた当の女が、エルヴァン様に惚《ほ》れ込んでしまい、閨でも懸命に尽くしたんですよ。あれは本当に、端から見ていても女がエルヴァン様に心底好かれたいと願っているのがわかるほどでした。もっとも、普段、この宮の外に出ていらっしゃらないから女達の口にのぼらないだけで、実際にエルヴァン様が表を歩かれるのを目にすれば、恋に落ちない女の方が珍しいとは思いますがね」

それは確かにわかると、カイは最初にエルヴァンを見た時、あまりに美しい男で驚いたことを思い出す。普通にシルカシアにいれば、あの男と結ばれたいと望む娘は多そうだ。

サザーンは思い出すような目を見せる。

「女は危険だとわかっていながら、エルヴァン様の子供を望みました。哀れなことに身籠もったと周囲にわかった瞬間、女は黒人宦官頭《キスラル・アガ》の命令でお腹の子供ごと、袋に詰められてそこの海にドボンです」

ドボンというのは、女性頭の言った『投水』を指すのだろう。カイはその光景を想像して、総毛立った。

「エルヴァン様も私もあの時に初めて、黒人宦官頭の指示によって、皇子の宮に侍る愛妾達に堕胎薬が投与されていることを知りました」

「黒人宦官頭というのは、そこまでの力を持つのですか?」

「黒人宦官頭は宮殿内や後宮の財産管理をまかされているだけですから、そこにはむろん皇太后様や皇帝陛下の指示があります。ある意味、黒人頭は機械的に仕事をしているだけとも言えます」

妊娠した愛妾を機械的に水の中に沈める人間がいるということ自体に、戦慄を覚える。そんなカイに同情するような目を向けたサザーンは、小声で早口に続けた。

「薬が効かず、あまりに孕みやすい体質だと、場合によれば手術されることもありますよ」

「手術？」

シルカシアでは聞き馴染みのない医学的な言葉の意味が理解できず、カイは尋ね返す。

「ええ、腹を切って開けて、子供のできるところを取ってしまうんです。ラヒム皇子の四番目の愛妾とムハディ皇子の二番目の愛妾が、子供のできやすい身体だったので、その手術を施されてましたね。エルヴァン様もご存じのはずです」

サザーンは苦笑と共に肩をすくめた。

「まぁ、そんなわけでエルヴァン様は、女性を身のまわりに置かれることを避けておいでなのです。元がおやさしい方なので、自分の側にいれば好むと好まざるとにかかわらず、その女性まで不幸にしてしまうと思われるんでしょうね。ですから最初、姫をできればラヒム皇子の許へ送ってやりたいとおっしゃったのです。まぁ、兄君に不要な因縁をつけられるのを避けようとされたというのもありますが、ラヒム皇子の許にいらっしゃれば、兄君ご即位の暁には姫にも生きる道があるだろうとおっしゃっておいででした」

エルヴァンが運をなくしたと言ったのは、あれは…、とカイは息を呑む。自分の知らなかったエルヴァンの深い懊悩《おうのう》と、けして言葉にはされないあの男なりのやさしさに言葉もなくなる。

いや、やさしいことはよく知っているのだと、カイは呟いた。

「エルヴァン様のお側にいたからといって、必ずしも私が不幸になるわけではありません」

サザーンはしばらく口をつぐんだあと、言うか言うまいか、ずいぶん迷っていたようだったが、やがて真顔となった。

「…姫様はこの宮殿が誰のためにあるのかを、ご存じない。イシュハラーン城はサッファビーア帝国皇帝のために造られているのであって、その皇子方のために存在するのではないのです」

意味がわからないと、カイは首をひねった。

「でも、今、このディライ宮にエルヴァン皇子はおいでになる」

ええ、とサザーンは頷いた。

「それも次期皇帝が決まるまでの話です。そして、エルヴァン様は三人の皇子方の中ではもっとも皇位から遠く、宮廷でのお立場も強いものではありません。それはエルヴァン様もよくご存じです」

残念ながら…、とサザーンは首を横に振った。それはきっと、エルヴァンと兄弟同様に育った乳母子ならではの率直な思いなのだろう。

「次期皇帝が決まった時、残りの皇子は全員、この宮廷ではまったく不要な存在となるのです」

「…不要？」

意味がわからないと、カイは眉をひそめる。

皇帝となれずとも、兄弟ならではの次期皇帝の補佐の仕方があるだろう、少なくとも自分と兄のヘイダルとの関係はそうだった。兄が王位に即き、自分はできうる限りその兄を支えられるよう、他国の言葉を学び、知識を積もうと思っていた。

「新しく即位した皇帝以外の皇子達は、いつ皇位の転覆を謀《はか》るかもしれない、国にとっての不穏分子です。むしろ、害であると考えられます」

「…害？」

「ええ、事実、このサッファビーア帝国では、過去に何度となく皇位簒奪《さんだつ》を企てた兄弟皇子らがいましたから」

それはわかる。理屈ではわかるが…、とカイは何度となく瞬きを繰り返す。

「そんな皇位を脅かしかねない残りの兄弟皇子は、不要な者として新しい皇帝に取り除かれます」

サザーンの『取り除く』という言いまわしが意味することは一つだろう。そして、カイはその言葉の裏に、これまで今ひとつよくわからなかったカーティラと呼ばれる暗殺集団の男達が、何のために存在するのかを悟った。

「そして、もちろん不要となった皇子達の抱えていた愛妾達も…」

サザーンは口をつぐんだその先は、カイにも容易に察することができた。

「だからこそ、ここはイシュハラーンの中でももっとも多く血が流され、暴虐や惨劇の舞台となってきた場所——将来的な皇位継承権を持つ皇子達を、けして逃げられないように閉じこめた幽閉所——『金の鳥籠』とも呼ばれているんですよ」

エルヴァンがカイに運を失ったと言った意味、そして、エルヴァンと共に運を失ったカイをエルヴァンが哀れみ、少しでも気晴らしになることはないかと心を砕いてくれる意味、カイの勝手な申し出に応じ、伽もしない相手の閨話につきあってくれる意味…。

カイは苦しくなってきた胸を押さえる。

知っているのだ、あの人は…、とカイは泣きたくなるような気持ちを懸命にこらえる。

自分の立場も、カイの行く末もすべて理解した上で、ただ少しでもカイが心穏やかにディライ宮での日々を過ごせるように、エルヴァンは支えてくれている。

それどころか、あの男は最初、自分にとっては何の得にもならないとわかっていながら、カイを少しでも生かそうと動いてくれていたのだとわかる。

自分からはそうだとはけして言わないけれど、美しいがあまりにも殺伐《さつばつ》としたこの城の中で、信じられないほどのやさしさを持っている。

あの女性頭がせめて闇の中でぐらい皇子を慰めてさしあげればいいのにと、カイを責めた理由が、今は痛いほどによくわかる気がした。

Ⅶ

夕餉前、まだ夕暮れ時の明るい時間にエルヴァンの部屋を訪れると、前立てに刺繍の施された裾の長いシャツを身につけた男は、珍しく剣を手にチェンクと渡りあっていた。

新月刀《シャムシール》と呼ばれる、サッファビーア独特の湾曲した剣だ。長い片刃の剣は優美ともいえるゆるやかなカーブを描いているが、刃身そのものは見た目よりもはるかに薄く、うっかりその刃の及ぶ範囲内に入ってしまうと、恐ろしいほどの深手を負う剣だ。

エルヴァンとチェンクは数合打ちあっては剣を構え直し、また数合打ちあわせては剣を戻す。

剣の様子などを見るに、刃先を潰した模擬刀を用いた訓練なのだろうが、その速さは驚くべきもので、カイは剣技においては到底この男にかなわないと目を見張る。

そして、その刃先をやすやすと受けとめては返すチェンクは、多分、そんなエルヴァンの動きすべてを見切っている、恐るべき剣技の達人なのだとわかる。

柱の陰から二人の様子を覗くカイに先に気づいたのは眼光鋭いチェンクの方で、数度目にエルヴァンの刃を受けとめた際、エルヴァンにカイの方を指し示した。

エルヴァンは剣をチェンクに渡すと、湿した布で額や首筋の汗を拭いながら、カイの許へとやってきた。

「今宵は少し早いな」

「夕餉を共にいかがかと思って」

カイはベール越しに口許を押さえ、チェンクとは視線を合わせないようにして応える。

エルヴァンはカイの提案を思いもしなかったようで、驚いたような顔を見せたあと、破顔した。

「それは魅力的な考えだ。食事は二人でとる方が楽しいに違いない」

エルヴァンはサザーンに命じ、二人分の食事をエルヴァンの部屋へと運ばせた。

食事中、サザーンがテラスの上のランプや部屋の燭台に、そっと火を入れてゆく。

カイは食事をとりながら、後宮で最近になって教わりはじめたカーヌーン——最初、エルヴァンが自分が舞う時に弾いてくれた楽器の扱い方について、エルヴァンにいくらかコツを教えてもらう。

食後はサザーンが運んできた芳香のある花びらを浮かべた水盤で手を洗い、口をゆすぐことを勧められた。

その後、しばらくはエルヴァンと共にカーヌーンを実地で爪弾いて、時を過ごす。

やはりエルヴァンの演奏の腕は相当なものなのだとカイが感心していると、エルヴァンは爪を外しながら尋ねてきた。

「姫、今宵はどんな話を聞かせてくれる？」

それを就寝の合図だと思ったのか、サザーンがチェンクを促し、部屋を共に出てゆくのが見える。

男は何も説明しなかったが、カイにはそれがエルヴァンの人払い、チェンクを退室させるための芝居のようにも思えた。

今日も四方の帳を解いて下ろすと、エルヴァンは先に寝台へと入る。続いて帳をくぐりかけたカイは、帳にベールを留めつけていたピンを引っかけ、小さく声を上げた。

「ああ…」

気づいたエルヴァンが腕を伸ばし、引っかかったピンを外してくれる際、どうしても顔のベールが浮いた。互いの息もかかるほどの距離で目が合い、カイは気恥ずかしさから慌てて目を伏せる。

かすかにエルヴァンが微笑む気配がし、外したピンをベールと共に再度髪に留めなおしてくれようとするのに、カイは一瞬迷う。結局、ベールをそのままつけなおすのも不自然な気がして、エルヴァンの手に手を添えるようにし、ピンと共にベールを外した。

エルヴァンは少し驚いたような顔を見せたが、何も言わずに広い寝台にゆったりと身を横たえる。カイとの間にはまだそれなりに距離があるので、ベールを外したカイもくつろぐことができた。

それにこの薄暗がりだ、そこまではっきりと顔を見ることもできまい。むしろ、いつまでもベールをつけてエルヴァンとの間に隔てを置くのも不自然な…、カイは自らベールを外した自分に無理矢理そう理由づけする。

そして、クッションをいくつも重ね、身をもたせかけているエルヴァンに倣い、カイも適当なクッションを手に取ると、話しやすい間隔まで距離を詰める。それだけ今は、エルヴァンに心理的な隔ても抵抗もなかった。

むしろ、少しでも近い方が自然な気がした。

「今日、皇帝のいらっしゃるという場所をいくつか見せていただきました。謁見の間の広さと美しさときたら…」

カイは驚きのあまりに言葉を呑んだほどの、見事な広間を思い出す。壮大な円《まる》いドーム型の天井、天窓からふんだんに差し込む光、天井から下がったいくつものシャンデリア、魔法の国へと開かれるような重く大きな異国風の扉、建ち並ぶ柱を思い出す。

「確かにあそこには、世界の半分があるのだと思いました」

「そなたは聡い。そして、観察眼も鋭い」

エルヴァンは興味深そうに呟いた。

「おそらく、専門に学べば建築学にも通じるだろう」

「建築学？」

世界最高水準と呼ばれている、そして、カイも実際に目の当たりにしてそのあまりの高度さに圧倒されたサッファビーア帝国の建築技術だ。確かに少しでも学びたい気はあるが…、とカイはエルヴァンを見上げる。

「そうだ、学問所には専門家を呼んで学ぶことは可能だ。頼めば、この宮にも専門の技師を呼んで話を聞くこともできる。私もそうして、いくらか建築について学んだ。次に呼ぶ時には、そなたもよければ一緒に講義を受けるがいい」

それは確かにエルヴァンの立場ならば可能だろうが…、とカイは戸惑う。カイの今の愛妾としての立場では、許されるように思えない。

「…私がお側で聞いていて、よろしいのでしょうか？」

「理解できるのなら、共に講義を受けることぐらい、かまわないだろう。何代か前の皇帝の妃には、自ら進んで学び、色んな知識に通じていたずいぶん聡明な人がいたと聞く。むろん、興味がなければ別に無理にとは言わないが…」

「いえ、喜んで」

「ならば、決まりだ」

何がそんなに嬉しいのか、エルヴァンは珍しく屈託なく笑った。

「たまに馬で遠出することは許されている。むろん、護衛が何人もついてくるが」

エルヴァンはカイに後ろからそっと添うようにして、身体を伸ばしながら話す。

「このイシュハラーンは千年以上の昔から続く、ずいぶん歴史のある都だ。見かけの美しさとは裏腹に、難攻不落の要塞と呼ばれている。事実、何百年もの間、戦で落ちたことはない」

大陸最大にして、もっとも裕福だともいわれているイシュハラーンの都は、他国の侵略や海賊の来襲に備え、常に城壁や海岸線の警固設備を拡張し、充実させてきたのだという。

「そのせいか、サッファビーア帝国が生まれる前からの遺構も、ずいぶん残っている。だから、そんな歴史のある建物なども含め、もしこのイシュハラーンを少し離れた丘から見てみたい、あるいは船の上から見てみたいというのなら、すぐには無理かもしれないが、そのうちに見せてやることはできると思う」

それは確かにとても魅力的な申し出だと、カイは微笑み頷く。

外に出られれば、ここから逃げることも可能かもしれない。ミレナやヤナを伴えるかどうかは、その時々で様子見だろうか。すぐには無理でも、何度か回数を重ねれば可能かもしれない。

何よりそれ以前に、この男と一緒に都の外に出てみたい気がした。この男と外から眺めるイシュハラーンは、どれだけ魅力的な街だろうか。

「…古い建物とは、どんなものがあるのでしょう?」

「そうだな、この宮殿の一部とも重なっているが、面白いものでは今から千年ほど前に造られたといわれている地下宮殿《バシリカ・シスタン》がある」

「地下宮殿?」

「そうだ、地下に何百本もの柱が建ち並んでいて、水面《みなも》にもそれが映って幻想的な眺めだ」

子供の頃、学者に連れていってもらったのだとエルヴァンは打ち明ける。

「それは昔の宮殿跡なのですか?」

「どうかな? あまりに昔のことなので資料らしい資料も残っていないが、千年以上、地下の巨大水槽としてこのイシュハラーンに水を供給し続けている」

「地下の巨大水槽…」

あまりにも規模の大きな都市計画とその耐久性に、カイは目を見開いた。間違いなくこのイシュハラーンは、あらゆる叡智《えいち》が造り上げた都、大陸一の都なのだと溜息が洩れる。

「そうだな、子供の頃はまだ色々と自由だった…」

エルヴァンはまたあの遠くを見るような眼差しを見せたあと、カイへと視線を戻し、どこか取り繕うような笑みを見せる。

「ここ最近では…、少し前にそなたと共に踊ったのが、一番楽しかったな」

「ああ、あの…」

カイはエルヴァンの隣で薄く頬を染め、口許を覆う。

自分が馴れぬ水煙草に、うっかり寝入ってしまった夜のことだ。翌朝の明け方近く、この男の横で目を覚ました時には、エルヴァンの寝顔のあまりの近さに驚いて跳ね起きた。

だが、衣類は乱れておらず、何ら手出しもされていなかった。あの時、カイはこの男の義理堅さと真面目さに驚き、同時に感謝もした。

すでに滅ぼしたとはいえ、こうまで敵国の姫を無防備に信じ、愛しめるものなのだろうかという疑問と共に、何ともいえない不思議な気持ちを覚える。

自分も確かに、あのエルヴァンと音もなく踊っていたひととき——カイが踊ってみせたのはかつてアイラが踊っていた女舞だったが、ずいぶん楽しかったのは確かだ。

エルヴァンはカイのこめかみのあたりの髪をそっと指先で梳《す》いてくる。

気がつけば、ずいぶん距離も近い。

いつもこんなにすぐ側に身を横たえていただろうかと思いながら、カイはその場を動く気になれなくて、

エルヴァンの腕の中にすっぽり収まる位置でじっとしていた。

薄絹越しには、すぐ隣の男の体温が直接に伝わってくるが、それが今は心地いい。

身を寄せあうことが、こんなに穏やかで満ち足りた気分になれるとは知らなかったと、カイは時折エルヴァンの深い緑色の瞳を盗み見る。そして、目が合うと気恥ずかしさから目を伏せるが、またおずおずとその端整な顔立ちを見上げてしまう。

「美しい髪だ。いつも、綺麗に飾っていると思っていた。シルカシア風に三つ編みにしているのも凛《りん》としていて悪くないが…、髪を切ったのだな」

やさしいささやきと共に、互いの体温で身につけた香りが溶けあうような距離で髪の先に口づけられ、カイは身を震わせた。

「シルカシアでは、未婚の娘が髪を伸ばします」

エルヴァンの愛妾としてこの宮に来た以上…と言葉を濁すと、男はああ、と目を細め、カイの髪をそっと梳きながら笑った。

解いた髪には、もうオルガの髪は編み込めない。だからこそ、カイの身体の一部が直接に愛しまれている気がする。そう思うと、じんわりと身体の奥に熱が灯ったようになる。

身に覚えのある感覚、だが、こんな美しい男相手には覚えてはならない感覚に、カイは身じろぎする。

あの後宮で見せつけられたあからさまな交合や、張り形を愛撫するよう強要された訓練が、妙な呼び水、刺激になっているのだろうか。

「…恥ずかしくて」

呟いたカイは、ふと動いた拍子に、エルヴァンも兆《きざ》しはじめていることに気づく。布越し、熱っぽく昂《たか》ぶりかけたものの硬い感触があった。

「…ぁ」

閨で妙齢の無防備な女奴隷を前にした若い男としてはいたって正常な反応だが…、とカイは自分達が置かれているあまりに生々しい状況に息を呑む。

「ああ…」

あまり深刻に応じるのもどうかと思ったのか、エルヴァンはすまない、と控えめに詫びて節度ある距離まで身体を引く。

「姫、今宵はもう下がられよ」

この状況でもまだ、自分の言った無理を受け入れるつもりなのか、男は焦りのない静かな声で勧めてきた。

「…でも、それは…?」

カイはベールで覆われていない目許を、指先で隠すようにしながら横目に尋ねる。

「失礼、姫。そなたがあまりに魅力的なので」

どこか余裕すら感じる、宮廷住まいの皇子らしい洗練された詫び文句に、カイはしばらく目を伏せ、低く喘ぐ。

エルヴァンの余裕にも、閨事の経験もないカイにはこなれた対応ができない。

カイはしばらく考えたあと、おもむろに身を起こすと、自らエルヴァンとの距離を詰めた。

ここでの出来事は、自分とエルヴァンしか知らない。あのチェンクでさえ、この閨の中のことは知らないのだと思ったからこそ、大胆な真似もできた。

「…姫？」

仄暗い閨の中、ぴったりと寄り添うほどの距離まで身を寄せたカイに、さすがにエルヴァンも少し驚いたような声を出す。

「昨日、今日教わったばかりで、ご満足いただけるかどうかもわからないのですが…」

そう言ってカイは熱っぽい息を一つ吐いた後、ゆっくりとエルヴァンに手を伸ばした。

こんな真似、どうかしていると思いながらも、カイはこの魅力的な皇子に触れたい一心で、シャツ越しにも引き締まっているとわかる身体へそうっと触れた。

かたわらで焚かれた艶《なま》めかしい香の匂いや、閨での女としての動きや心得を何度もあからさまに教えられたせいで、自分はどこかおかしくなってしまっているのかもしれない。

「拙《つたな》いかもしれませんが、私なりにエルヴァン皇子をお慰めしたいのです」

舌が熱っぽくもつれ、蚊の鳴くような声になってしまったが、男はカイの申し出を笑わなかった。

カイはそれを承諾と捉え、エルヴァンの腰のあたりへそろそろと手を伸ばす。

長いシャツの裾をはぐり、さらりとした肌触りの綿麻の下衣をそっと下ろした。カイの動きに煽られたのか、下着越しにはっきりと兆した男のものが息づいている。

カイは自分も熱を帯び、重く感じられる下肢を進めて、エルヴァンの腰のあたりまで顔を寄せた。

清潔な布で作られた下着の上から、ゆっくりと男の形を確かめる。自分よりもはるかに大きく、しっかりとしたものを、カイはしばらく黙って撫で続けた。カイの愛撫のせいか、エルヴァンのものはさらに熱を持ち、ぐんと力を増す。

カイがそっと下着をずらすと、大きく膨れた先端が飛び出すように弾み出た。

「…ぁ」

無理に咥《くわ》えさせられたあの張り形よりもずいぶん大きいと、カイはしばらくエルヴァンのものに両手を添えたまま、ためらう。

「姫、無理をしなくていい。経験のない処女《おとめ》にはとても無理だろう」

エルヴァンの手が、そっと額《ぬか》ずくカイの手を押しやろうとする。

「…いえ」

カイは口を開くと、教わった通りにその先端を口に含んだ。

熱っぽい塊を咥えると、張り形にはなかったエルヴァンの匂いがする。熱さも弾むような弾力も、あの張り形とはまったく異なる。そして、それが何とも愛しい。

また、ズクリと身体の中心が疼《うず》いた。

「ん…」

カイはしばらくためらったのち、そっと舌を使い始める。

最初は先端を舐《な》めまわし、唇全体を使って吸い上げ、徐々に深く喉奥まで呑み込んでゆくのだと言われた。

「…姫」

エルヴァンはややためらうような声を出したあと、カイの顔を隠す髪をやさしい仕種でかき上げてくれる。生え際のあたりをやさしく撫でられるのが気持ちいいと、カイは閉ざしていた目を開け、上目遣いに男を見上げる。

カイは教わった通りに懸命に舌を使い、口中にその威容を吸い上げた。しっかりとした逞《たくま》しさのある根元、そしてその下の双球を指先でやわらかく愛撫する。

「…ん」

唾液を絡めるのだと言われたが、練習時よりもはるかに質量のある男のものには、うまく口が使えない。溢れた唾液がカイの口許を濡らし、男の幹を濡らし、そしてエルヴァン自身にこすれるカイの鼻先を濡らした。

「…ぅむ…っ」

懸命に舐め上げていると、不様な声が喉奥から洩れて頬に朱が上った。だが、その動物的な声にすら、今は煽られる。

「んぅ…、…ぅ…」

カイは少しでも喉奥へと男を含もうと頭を揺らし、喉突くものを懸命に頬張り、昂ぶらせようと口腔全体を使って奉仕した。含みきれない根元は、唾液を絡めて指先でゆるやかにしごく。

上顎を逞しいものがこする感覚、舌全体が強大なものに圧される感覚がどんどん心地よく思えてきた。

「姫…」

これまで聞いたことのない艶っぽい声がカイを呼び、頭をゆるく引き寄せられる。

無理強いではないが、髪に指を絡められ、逃れられないと思うと、感じたこともない被虐感《ひぎゃくかん》が生まれてくる。ゴツゴツとしたものが口腔を犯す感覚に、しだいに頭がぼうっとしてくる。

お願い、気持ちよくなって…、とカイは夢中でエルヴァンに仕える。

今はただ、この男を慰めたい、どんなはしたない方法を使っても…、そう思うと肩口や喉許、顎先をやさしい仕種でくすぐられる。

「姫、離しなさい」

甘い命令に、カイは首を横に振った。さらに濃くなった男の味から、絶頂が近いことがわかる。だからなおのこと、今は離したくなかった。

「んっ…、んっ…」

歯列の裏が膨れ上がった幹に絡むのは痛くないのかと思いながらも、カイは男の生殖器を甘噛みする。そうすると自分も弾けそうなまでに昂ぶっているのが、強く意識された。

男がかすれた喘ぎと共に、喉奥で笑う。

「姫、もう…」

保ちそうにない、というささやきと共に、さっきまでとは異なる強い力で頭を固定され、二度、三度と喉奥を強く突き上げられる。

「んっ！　んっ…、んふっ！」

口中のものがビクついたかと思うと、喉の奥にどっと熱いものが噴き出すのがわかった。

「…ぁ…、ぁ…」

カイは教え込まれた通り、喉奥を開いたまま、白く迸《ほとばし》ったものを溢《こぼ》さず受けとめようとする。

しばらくはエルヴァンも歯を食いしばり、荒い息と共に腰を蠢《うごめ》かせる。

普段は落ち着いた物腰の男が、こうまで動物的な動きや表情を見せるのは初めてだった。そんな一面が垣間見られたことにまた、カイはうっとりと身体を震わせる。

喉を下ってゆく生温かなものは独特の感触で、美味《うま》いとは思えなかったが、嫌だとも思えなかった。

ただ、懸命に喉を鳴らして飲み込むと、この男の一部を体奥に取り込めたような気がして、また身体が疼くように高揚した。

濡れた砲身を手でこすり上げながら最後の一滴まで吸い上げ、まだ完全にやわらかくなっていないものを舌で舐め清めると、そっと元のように下着の中に戻す。

そして、飲み込みきれなかった唾液や華液で白く濡れて粘った口許を指先で拭った。

「大丈夫か?」

伏していた肩を起こされ、まともに目の奥を覗き込むようにして尋ねられ、カイはおどおどと身を起こす。

愛撫にかけた時間は十分だったのか、教わったなりの技術は使えたのか、そして、この男は本当に満足したのかという不安が胸をよぎった。

今になって、自分は何とみっともない真似をしてしまったのだという、ばつの悪さと羞恥がこみ上げてくる。性の営みなど、付け焼き刃の知識しかないくせに、どうしてこんな浅ましい真似で男を悦ばせることができると思ったのだろう。

しかも、口腔でエルヴァンを慰めているうちに自分もどんどんおかしな気分になっていたらしく、下肢は今にもみっともなく暴発しそうなほどに熱を持っている。

このゆったりとしたハレムパンツとガウンの陰に隠されていなければ、おそらくカイの欲望が下腹で頭をもたげ、解放を求めて疼いているのがエルヴァンの前にもはっきりとわかってしまうだろう。

カイはそのことにたまらないほどの気恥ずかしさを覚えた。汗でこめかみや首筋に張りついた細い金髪をかきやりながら、カイは目を伏せる。

「口を…、すまない」

エルヴァンは寝台の横から水差しを取り、ミントの葉とレモンを沈めた水をグラスに注いでくれる。

カイがそれを二口ほど飲み下すと、男の指が口許をそっと拭った。

カイは震える細い声で尋ねる。

「…はしたないと思われたのではありませんか？」

「いや」

エルヴァンの指がカイの髪を撫で、耳の後ろから首筋へとまるで愛しむように撫でてくる。

それだけで全身がわけもなく震え、カイは小さな呻きを喉奥から洩らした。また下肢に熾火《おきび》のような欲望が灯って、目の前の男に縋りつき、四肢を絡めたくなる。

「ろくにわきまえない拙い技で、みっともない真似をして申し訳ありません」

「いや…」

エルヴァンはカイの手を取り、指先に口づけると、カイの手を握り込んで指を絡めてくる。

「そなたが嫌でないならば、口づけたい」

熱を帯びた声で言われ、カイは伏せていた目を上げる。

エルヴァンと目が合うと、胸の奥まで焼かれる気がして慌てて目を伏せる。

でも、口づけは欲しくて、カイは男の指先を握る手に力を込めると、エルヴァンの頬に手を添え、目を伏せたまま頬を寄せた。

「ん…」

唇が触れただけで、身体中に痺《しび》れが走ったような気がした。

男の唇は思いもかけずやわらかく仄かな湿り気があって、カイは唇を合わせたまま喘ぐ。

顎先をすくわれ、触れあった唇を軽く食《は》むようにされると、カイはエルヴァンと唇を合わせることに夢中になった。

「…っ」

濡れた舌先が触れあうと、身体が跳ねるような痺れが走る。

温かくヌメる舌先で口中をまさぐられると、カイは夢中でそれに応えた。指を握りあい、舌同士を絡め、甘く吸い上げられて鼻を鳴らす。

感じやすい舌の裏側をなぞられると、意識がそこだけに集中し、もうそのことしか考えられなくなる。

みっともないというより、ただただ夢中だった。

重ねた布団の上に倒れ込むようにして、首筋から肩、髪から背中、腰ともう片方の手でまさぐられると、甘くぼうっと痺れた身体が跳ねるように震えた。

「…っ！　…ん…ぅ…」

あ…、と思った時には、下肢には触れられないままに、カイは下着の中で弾けていた。

「…っ、…っ！」

思わず目の前の男の肩に縋り、身をよじって射精の余韻に身体を震わせるカイに、身体をかき抱いてくれるエルヴァンの腕の力も強くなる。

口づけだけで絶頂に達したカイの蕩《とろ》けるような変化は男にもわかったようで、まだ余韻にわななく唇を信じられないほどのやわらかさで吸われ、頬やこめかみ、喉許から肩先、と次々と唇を落とされる。

このままでは男であることを知られてしまうと、カイはまだ震える指先でエルヴァンの頭をそっと押しやった。

たわいもなく爆《は》ぜた自分への激しい羞恥もあり、再び口づけようとしてくるエルヴァンから顔を逸らす。

それでもやはり身体は離れがたくて、痺れた四肢がまだ未練がましくエルヴァンに絡みついているのを、カイは無理に剝ぎ取るようにしてもがき離す。

「姫…」

男の声で呼ばれて、カイはどこか泣きたいような想いにもなる。ここにいるのは姫ではなく、カイ・スーラという名の自分なのだと訴えたくなる。

この男にだけは、知っておいて欲しくなる。それがどんなに無益で身の破滅にもつながることなのだとわかっていても、打ち明けてしまいたいと思った。

エルヴァンの子供を望んで沈められたトリポリの女の気持ちが、今は痛いほどにわかる。

「姫…」

かすれかけた、こちらの胸まで痛くなるような、やさしさと切なさのある声でエルヴァンはささやくと、なおもカイの身体を腕の中に抱きしめようとしてくる。

「みっともないところを…」

カイはじっとりと湿りはじめた下衣に気づかれまいと震える膝を立て、身をよじってエルヴァンの身体の下から抜け出す。

その腕の中から逃れたカイを、男は無理には追わなかった。

「今宵はこれにて失礼いたします」

カイは絹のガウンの前をかき合わせ、濡れた両脚の間を隠す。その手首を、そっとエルヴァンが捕らえた。

「姫、明晩、また…」

とっさに明日の夜はどんな顔をしてここへやってこればいいのだという思いと同時に、明日の晩もまた、こうして共に時間を過ごせるのだという喜びが湧き上がってくる。

「私は今宵、そなたの夢を見よう」

カイはエルヴァンの言葉にがくがくと何度も頷くと、それ以上みっともない自分を見られまいと、帳の間から逃げるように走り出た。

エルヴァンの寝室から逃げ出したカイは部屋には戻らず、そのまま浴場へと逃げ込む。

まとっていたガウンと胸に当てていた絹帯を脱ぎ捨て、両脚の間が湿った紗《しゃ》のハレムパンツのまま浴室へ足を進めると、まだ火照《ほて》って痺れた身体に続けざまに水盤から手桶《ておけ》ですくったぬる湯をかける。

「…ぁ」

それだけでまた妙な痺れが身体に生まれ、本当に今日の自分はどうかしていると、カイは浴室の床に座り込んで、さらに肩から何度か湯をかけた。

あのままキスを続けられていたら、どうなっていたかわからない。さっきも…、とカイは濡れた下着がまとわりついた下肢へと手を伸ばす。

濡れ汚した下肢はまだ熱を帯びているようで、濡れて脚に貼りつくハレムパンツごと、性器をやんわりと握り込むと、あの息もつまるような口づけと甘い陶酔感が蘇る。

エルヴァンの指が自分の身体を辿《たど》ったのを思い、カイは肩口から喉許、そして触れられなかった胸へと指をすべらせた。

「…っ」

指先が乳暈《にゅううん》に引っかかると、再度おかしな気持ちになる。

「…ん…」

カイは何度となく男の指を思ってかすかに隆起したその粘膜のあたりを、丸くなぞってみる。今までそんな風に自分に触れたことはなかったのに、真っ平らな自分の胸など意識を留めたこともなかったのに、そうして触れてもらえたらと思っただけでぞくりと淫靡な痺れが背中に走り、喉奥から甘えるような声が洩れた。

信じられないと思っていたのに、あんな真似をして…、そう思うとまた頬に朱が上る。

『カイ様』

溜息をつきかけたところで、浴室の入り口からミレナの声がかかった。水を使う音に、何事かとやってきたらしい。

『カイ様、ご無事ですか?』

小脇に身体を拭くための布を抱えたミレナとヤナが、慌てたように浴場に入ってくるとカイの背中に着せかけてくれる。

『いや…、大丈夫だ、何もない。今日も皇子は何も…』

答えてカイは、浴場内に淡く漂う蒸気の中で首を横に振る。

ランプや複数の燭台に照らされただけの浴場の仄暗さが、今は救いだった。紅潮したままの頬や、高揚感に火照る肌を見られることがない。

『少し話し疲れただけなんだ。すまない、服を濡らしてしまった』

カイは気を散らすため、まだ熱を帯びた下肢に手桶でかたわらの湯をかける。

ヤナが労るような顔を向けてくる。

『いえ、あとで私どもが片付けますから』

『じゃあ、これも脱いでおくから…、すまない』

カイがさらに詫びると、二人は承知しました、と頭を下げた。

『では、入浴がおすみになったらお声をかけてくださいませ』

『ああ、頼む』

カイはやましさから出てゆく二人の姿を見ることができず、指にはめた母の形見の指輪に目を落とす。

国を忘れたわけではない。民を忘れたわけではない。自分がなぜここにいるかを忘れたわけではない。

今も最後に見た城の無惨な姿を思うと、胸が震える。

だが…、とカイは自分の愚かしさと後ろめたさに、痛む胸を押さえた。

今宵、そなたの夢を見ようと、あの男は言った。それが閨を辞する女に向けた、単なる就寝前の夜の挨拶だというのはわかっている。

でも…、とカイは長い睫毛を伏せる。

会いたいと、カイは蒸気の漂う仄暗い浴室で剝き出しの膝を抱えた。

今すぐにでも引き返して顔を見たい、あの男に会いたい、その夢の中に忍び込み、あの胸が震えるような甘美なひとときをもう一度共に過ごしたい…、と。

四章

I

西日が落ちてランプに火の入れられる宵闇の頃、回廊をまわってエルヴァンの居室を訪れたカイに、茶器を手にした男は鷹揚に微笑んでみせた。

「今宵も訪れてくれたのだな」

昨晩、何事もなかったかのごとき涼しい顔だったが、まるでカイの訪れを待っていたようなその言い分に、カイは薄く頬を染める。

男は見たこともない装置を前に座っていて、カイを手招きする。

「ご覧、そなたに一度見せてみたいと思った」

いくつもの銅製の環《わ》が角度を変えて複雑に、立体的に組み合わせられたひと抱えほどある装置だった。

招かれるままにその前に座ったカイは、首をひねる。

「何かわかるか？」

「いえ…」

「触ってみてもいい」

男はカイに直接触れるよう、勧めてくる。見知らぬ装置が壊れないように恐る恐る触れてみると、歯車が組み合わさっているらしく、銅の環は少しずつ動かすことができた。

「……月？」

カイは触れた箇所に小さく刻印された文字を読んでみる。

「天球儀だ」

エルヴァンは悪戯っぽい目を見せた。

「天球儀……？」

初めて聞く名に、カイはほとんど素の声に戻って呟いてしまう。

「そうだ、天体を象った模型だ。これで太陽や星を含めた空の動きを説明する。これに天体観測機器《アストロラーベ》を加えて、星座の位置や動きも観測できる。天文学の基本だな」

「天文学」

カイは口ごもる。サッファビーアは周辺国に比べても医学、数学、天文学、測定学、建築学と、非常に高度な文化水準を持っている。カイもそのいくつかの本は持っていたが、あくまでも独学であって、専門的なことは学んでいない。

ただ、本を見ただけでも、恐ろしいほどに専門的な内容を、当たり前のように学者らが論じあっていることが理解できた。中でも、天文学はサッファビーアの学者がまず学問の基礎として学ぶものだということは知っている。

「これが今日の星の配置だ」

エルヴァンはアストロラーベも天球儀も容易に使いこなせるようで、迷うことなく二つを動かしてみせた。それだけでも十分に、この男の知識の深さが知れる。

「占いに使うのですか？」

カイの素朴な問いに、エルヴァンは小さく笑った。

「占うのもいいが、これで時を知り、暦《こよみ》を作ることができる。また、星の位置を見て、この大陸上の自分の位置、海の上での自分の位置を調べることもできる。様々な地域で星の位置を測定して、正確な地図を製作してゆくことも可能だ。だからこそ、この天文学はすべての学問の基本となっている」

穏やかに語るエルヴァンに、カイはいちいち頷く。この男の話は、とてもわかりやすい。難解な内容を嚙み砕いて説明するのもうまく、説得力がある。

兄弟皇子らの中で、エルヴァンが一番頭がよく、他の兄弟からも疎《うと》まれていると言っていたサザーンの言葉もわかる。これだけずば抜けて頭のいい弟ともなれば、皇位を狙う他の兄弟達にとっては、目障りなこと、この上ないだろう。

その横顔を見上げるカイをどう思ったのか、エルヴァンはどこかはにかんだような表情で尋ねてきた。

「こんな話は、退屈ではないか？」

「いえ、もっと聞いていたいです。この天球儀の使い方も、アストロラーベの見方も…」

「そなたはやはり面白いな」

エルヴァンはカイに手ずからかたわらの果実茶を注ぎ、さらに天球儀の用い方を億劫《おっくう》そうな顔もせず、丁寧に説明してくれる。その話がとても楽しくて、カイはしばらく時間を忘れた。

敷物の上に脚を投げ出し、エルヴァンのすぐかたわらで共にクッションに身をもたせかける。

男に半ば甘えるように近しい距離で質問を繰り返し、実際に手に取って天球儀やアストロラーベの使い方を教わった。

サザーンとチェンクが控えめに就寝の挨拶にやってくるのに、カイはようやく何時間も時が経っていたことに気づいた。

エルヴァンはカイの質問に応えてアストロラーベを扱いながら、いつものように鷹揚に二人に応じる。

その態度を見て、カイはエルヴァンがチェンクの下がるのを素知らぬ顔を装って待っていたように思った。

同時に、昨日、急速に濃密になったカイとの気まずさを紛らわせるため、あえて天球儀を出してうちとけやすい雰囲気を作ってくれたのではないかとも思った。

おそらく、この男はそれぐらいの心配りは十分にできる男だ。

そして、カイの興味のある方向も、比較的たやすく見抜く。とても濃密で楽しい時間だったが、あまりに過度な好奇心や知識欲は、普通の姫君の範疇《はんちゅう》を超え、疑われることにならないだろうかとカイは危ぶんだ。

すでに自分は、必要以上にこの男に心を捕らわれてしまっている。亡国の王子である立場を隠し、父の王命にもかかわらず、ここから逃れることも忘れ、少しでもこの男の側にいたいと願っている。

「今宵は…」

ランプの火を絞り、蝋燭をいくらか吹き消したエルヴァンがカイへと手を差し伸べてくる。

「私が話をしようか？」

カイはその手に自分の手を重ね、寝室の帳の中に共に足を踏み入れる。

ゆかしい香りが焚きしめられた男の部屋で、こうして一緒に閨の中に入ることがずいぶん自然で嬉しいとカイは微笑み、エルヴァンの側に身を寄せる。触れれば届く位置にある熱が心地よく、恋しかった。

「ぜひ、聞いてみとうございます」

それでは…、とカイのすぐかたわらに身を横たえたエルヴァンは、カイの髪にそっと触れながら話しはじめた。

「深い森といくつかの湖を持つ、東の地方のある小さな国の話だ。小さいがとても美しい国で、たくさんの薔薇とその薔薇から取れる香料が地方の名産だった」

どこかシルカシアにも似た国の話なのだなと、カイはエルヴァンの整った横顔を見つめる。

「その国には一人の貴族の娘がいた。黒い髪に、大きな緑色の瞳を持った娘だ。夏になると国いっぱいに咲き乱れる薄紅色の薔薇の花を思わせる、美しい娘だった。娘は持ち前のやさしさと美しさを見初められ、その国の王子との結婚が決まっていた。十五の歳のことだ」

カイはエルヴァンの愛撫と、たまにこめかみや頰に与えられる口づけに小さく微笑みながら、娘の話に耳を傾ける。

「ところが、その年の春、雪解けから間もない頃、西から巨大な帝国の兵士らが押し寄せてきた。西の帝国は冬の間に侵略に備えて大量の兵を揃え、雪解けを待っていた。娘の国も戦ったが、軍事力には圧倒的な差があった。五万を超える兵が押し寄せ、城は三日と保たずに降伏した。見せしめのために王や将軍、貴族らの首は城の前に晒された。娘の父親も、娘の婚約者の王子も、皆捕らえられ首をはねられて、晒しものとされた」

カイは三十年ほど前に滅ぼされ、首を晒されたカフカス地方西端の国の話を思い出す。父カザスが話していたのは、この国の話だったろうかと息を詰める。

「王族、貴族の子弟や娘達は皆捕らえられ、奴隷とされた。婚礼間近だった娘も捕らえられ、女奴隷として帝国に連れてこられた」

姉が生きていれば、同じ立場だったのだろうかとカイは眉を寄せたまま、話に聞き入る。とても他人事とは思えないような、この話は…。

「娘の美貌は皇帝の目に留まり、やがて娘は身籠もり、一人の皇子を産んだ。生まれた皇子は娘と同じ、緑色の瞳を持っていた。娘は自分と同じ緑の瞳を持つ皇子に、色《エルヴァン》と名前をつけた」

カイは大きく目を見開く。

到底、他国のこととは思えないカフカス地方の小国の話、略奪された娘が身籠もったエルヴァンという名の皇子、緑の瞳を持つ…、カイは目の前の男をまじまじと見つめる。

正確な年齢を聞いたことはないが、二十代半ばのエルヴァンの様子なら、ちょうど三十年ほど前に侵略されたという国の話と計算も合う。

「娘は不幸な身の上だったが、生まれてきた皇子を愛した。子供の頃から自分が聞いて育った物語を、いつも子守歌と共に小さな皇子に話して聞かせた」

カイは垣間見た後宮の一角に、小さなエルヴァンを寝かしつけながら、やさしく語りかける黒髪の娘の姿が見えるような気がした。

「しかし、娘は皇帝の目に留まった時からその美貌を第一皇妃に長く疎まれていた。後宮には次々と皇帝の寵を受けるための女達が入ってくる。皇帝の愛情を受ける愛妾が新たに現れた頃、娘は第一皇妃によって、後宮の掟を破り市場《バザール》の若い男の商人と通じて皇帝を裏切ったと告げ口された」

「…そんな」

カイは息を呑む。運命に翻弄《ほんろう》され続けた娘の行く末が見えるようで、思わずエルヴァンの手を取り、固く握りしめてその顔を見つめ続ける。せめて哀れな娘に幸あれと、エルヴァンの手を握りながら願った。

「皇帝のために集められた後宮の女が、皇帝以外の男と通じるのはもっとも重い罪の一つだ。その讒言《ざんげん》によって、娘は皇帝の激しい怒りを買った。娘はある夜、皇帝の命を帯びた男達によって袋に詰められ、石の重しをつけられて海に沈められた」

「そんな…」

カイは思わずエルヴァンの首に腕をまわし、強く抱き締める。

「酷い…」

エルヴァンの手がカイの髪を撫で、額や頬に幾度となく唇を落とす。

カイはこらえきれず、鼻から下を隠したベールを静かに外すと、自分から進んでエルヴァンにそっと口づけた。そうせずにはいられなかった。

「お母様は…？」

「それっきりだ。その夜以来帰ってこず、与えられていた後宮の居室は取り上げられた」

「…あなたには何も？」

「母は罪人となったが、私は寛大な皇帝の慈悲を周囲に示すため、母の罪を咎めずに残された。本当のところは十歳を超えていれば、母と一緒に海に沈められていたらしいが…」

エルヴァンは目を伏せがちに、静かに語る。

「あなたは、十歳にもなっていなかった？」

「八歳だった」

エルヴァンは重い溜息をつく。カイには、最初に会った頃からエルヴァンがずっと内側に抱えている翳の理由が、ようやくわかったような気がした。

「だが、依然、私には罪人の子供という嫌疑がついてまわる。家臣の前では寛大に振る舞ったものの、猜《さい》疑《ぎ》心《しん》の強い父はずっと私を許さず、疑り続けている。私が自分の血を引く実の息子なのかと…、いつか自分を裏切るのではないかと…」

「でも、間違いなくお父上の血を引く子供でしょう？　どうして、そこまで…」

「ある意味、仕方ないとも言える。父も私のようにこの『金の鳥籠』に二十七の歳までずっと閉じこめられて育ち、即位した人間だ。即位と同時に、皇位を脅かす兄弟皇子達は皆、扼《やく》殺《さつ》される。即位まではずっと話し相手もなく、自分も殺されるのではないかと日々怯えてきた人だからだ」

「扼殺って…、確かに兄弟間で皇位継承権を争うことは多いでしょうが、そこまでせずとも…」

はるか昔から、王位や皇位を巡って兄弟が争いあい、場合によっては国家間の戦争や国の没落の一因ともなったというのは、世界各地で伝わる話だろう。どの国でも可能性のある話だ。

カイにとって、ヘイダルはよくできた公正な兄だったが、あの兄がもし妬み深い、猜疑心の強い人間だったら、カイも邪魔者とされていたかもしれない。

「サッファビーアでは、帝位争いの勝者が兄弟を殺害することが代々慣習的に認められている。よけいな覇権争いは帝国そのものを危機に晒すからだ。この鳥籠から出た者は、まず自らの命を脅かす者達を手にかける。そのために暗殺集団《カーティラ》が生まれたと言ってもいい」

カイは想像を絶する熾烈《しれつ》な帝位争いを、その渦中にいるエルヴァン自身から聞かされ、心底ぞっとした。背中や腕に鳥肌が立って、再びエルヴァンに縋りつく。

以前目にした、あの兄弟間での空々しいやりとりも、互いの目的と本性をわかっているがゆえの虚構なのだろうか。

「別に父が信用しないのは、私だけではない。父は閨に侍る妃も、自分の子供も、身のまわりに仕える人間ですら、誰も信用していない」

エルヴァンは淡々と諦めたように呟く。

「でも、八歳からはお父上の許においでになったのでしょう？」

後宮にいたエルヴァンに母の居室がなくなれば、当然、エルヴァンは今のスラッサード三世の手許で過ごすことになるのではないかと、カイは尋ねた。

「いや、私はこのディライ宮に移された。本来、皇子は十一歳まで後宮で過ごせるが、私は母親とその居室を失ったからな。共にやってきたのが、乳母子のサザーンと今の監視役のチェンクの前任者だったカーティラの男だ。他に身のまわりの世話をしてくれる、話のできない宦官が数名。サザーンがいてくれただけ、まだ私は救われていたかもしれない。話し相手がいたわけだからな」

カイはエルヴァンに夜伽代わりに、話をさせて欲しいと申し出た時、予想外にエルヴァンが興味深そうな様子を見せたのは、そのせいだったのかもしれない。

「話のできない…？」

「そうだ、宮廷内のよけいな話を持ち込まないよう、皇子の耳に吹き込まないよう、口の利けない者が世話のためにあてがわれる」

「あぁ…」

酷い…、と口許を覆ったカイは、さらに強くエルヴァンの身体を抱いた。

どうすれば、この男の感じてきた孤独を慰めることができるのか、自分に何ができるのか…、この愛しい男に…。

せめてもの…、とカイはエルヴァンと唇を合わせながら、そっとその身体の線を上衣越しになぞった。

舌を吸いあいながら、男の下肢へと指を伸ばす。

「姫、いいのか…？」

カイの最初の申し出がいまだに頭にあるのだろう。この貴公子然とした男は、カイの手の中でゆるやかに熱を持ちながらも、低く尋ねてくる。

昨日、あそこまでしたのだから今宵もいいだろうとは、絶対に言わない男だった。それどころか、カイが再び訪れてくれたと笑顔を見せてくれた。

カイは薄く微笑みながら、できるだけなめらかに手指を使い、エルヴァンの中から快楽を引き出そうとする。

そして、エルヴァンの下衣をずらすとその前に伏し、手の中で徐々に大きく育ち、脈打ちはじめたものへと、顔を寄せて口で慰めはじめた。

懸命に頭を前後させ、喉奥いっぱいに男を咥えて吸いたてる。まだ時折、呼吸が苦しくて唾液が喉を伝うが、昨日よりはうまくできているように思う。

そしてすっかり昂《たか》まったものを前に、カイはゆっくりとハレムパンツの紐を解いた。

「姫？」

その意図を計りかねるように尋ねてくるエルヴァンに向かって、両脚を折ったカイは微笑んだ。

薄い紗のパンツから、そっと脚を抜く。ガウンの下から、白い素足だけが覗く。

「…姫？」

カイは愛技を高めるため、寝台のかたわらに置かれた香油を手に取る。

この香りには、催淫効果もあるのだと後宮では教えられた。ならば、エルヴァンが自分の身体でその気になってくれればいいのにと思う。

「直接にお慰めすることはできないのですが…」

カイは断りながら、下着をはぐり、自分の両脚の間にたっぷりと香油を塗りつける。驚いたような顔を見せるエルヴァンの視線に、恥ずかしさで顔が火照った。

「どうか、ご覧にならないでください…」

カイは細い声で哀願する。

それでもヌラヌラと内腿を撫でる指先を止められない。

カイは下着に隠された敏感な箇所にも、たっぷりと油を塗りつけた。薄い下着が股《また》の間で油を吸って、淫らに縒《よ》れる。

「未熟かもしれませんが、懸命に努めます」

本当は自分が女の身体を持っているなら、直接にこの身体を使ってでもエルヴァンを慰めたい。

だが、それがかなわぬなら…、とカイは目を伏せる。

後宮では伽の栄誉を受けた際、月のものを迎えていた時に皇帝を満足させる方法として教えられたやり方だった。

カイは寝台の布団の上に、両手足をつく。そして、肩越しにエルヴァンを振り返った。

「よろしければ、こちらに…」

カイは揃えていた両脚をわずかに開き、ガウンの裾をめくると、油で濡れ光る太腿の間を細い指先で辿ってみせる。

そのまま腰を突き出すようにして、そっとエルヴァンの昂ぶったものへと手を伸ばすと、男はカイの意図することを察したようだった。

「これは大丈夫なのか?」

背後から腰を捕らえられ、髪をかき上げたうなじに唇を押しあてられる。その唇でうなじを食《は》むようにして低く尋ねられると、そのうっとりするような甘い感触にカイは顎を震わせ、頷いた。

「本当は…」

目合《まぐわい》という定義としては、すれすれのところだ。正体が男だとばれぬよう、好いた相手への貞操を守りたいから処女《おとめ》のままでいさせてくれ、などとでまかせを言ったのは自分だ。

だが、今はそれが苦しい。

本当の自分を愛して欲しくても、エルヴァンが想いを寄せてくれているらしき相手は、姉の形を取った自分だ。

カイは蚊の鳴くような声で、喘ぎながら応えた。

「でも…、どうぞお祭しくださいませ」

女としては交われないが、身体の一部を使ってでもエルヴァンを満たしたい。触れあいたい。

今のカイの身では、とても口にはできないが…。

「姫…」

エルヴァンはカイの腰を抱き、顎を捕らえると丹念な口づけをくれる。

「ん…、ん…」

カイは舌を伸ばし、不安定な姿勢で懸命に男の舌を吸った。途中からは昂ぶったエルヴァン自身を握りしめ、油でまみれた手で懸命にその生殖器を愛撫する。

ひとしきり口づけを交わすと、エルヴァンはカイの細腰に自らの昂ぶりを押しつけてきた。

「…ぁ」

両脚の間にヌラリと怒張が触れ、カイはその烈火《れっか》のごとき熱さに呻く。

しっかりと腰のあたりを支えられると、それだけで身体がドロリと蕩けたように思えた。

「あ…」

油でヌメる両脚の間に、猛《たけ》ったものが差し込まれてくる。

「ぁ…、こんな…」

大きい…、とカイは息を噛んだ。

逞しい質量で内腿を割られ、思わず顎が上がる。油にまみれた下着が縒れ上がり、臀部の丸みに沿って、直接にエルヴァン自身が敏感な内腿に密着するのが感じられた。

「…ぁっ」

ズッ…、と両腿の間を怒張が進むと、そのあまりの長大さに、揃えていた内腿が開きそうになる。

カイは慌てて、腰を背後に突き出したまま、男を挟み込む両の脚に力を込めた。

「なめらかな、美しい肌だ。それに温かい…」

背後から覆いかぶさった男が、満足そうに呻く。

「どうか、動いて…」

カイは羞恥に耳朶《じだ》まで染めながら、四つん這いのまま長い金の髪を揺らめかし、自らもゆるやかにエルヴァンのために腰を蠢かした。

「…あ、…あ」

上擦った声が洩れる。誰にも触れさせたことのない恥ずかしい箇所に、他人の熱と欲望がねじ込まれていると思うと、それだけで身体中が羞恥に火照った。

「姫…」

カイの洩らす声にも煽られたのか、エルヴァンもゆっくりとカイの両腿の間に自身を挟み込んだまま、腰を揺らしはじめる。

感じて欲しい、できるだけ気持ちよく…、悦んで欲しい…、カイは懸命に両脚に力を込め、懸命に腰を揺らし、男を刺激しようと動いた。

背中にかかる男の重みが気持ちいい。油にまみれたカイの両脚を使う男もまんざらではないようで、最初はゆるやかに、徐々に大きく煽るように腰を使いはじめた。

時折、大きなエルヴァンの動きで、無防備な窄まりが不用意に突かれ、カイはその刺激にも呻いて耐える。

確かに、そこも慣れれば男を咥え込めるのだとは聞いた。だが、信じられないことに、まだ慣らしてもいないのに、そうしてひっそりと窄まった粘膜を圧迫され、こすり上げられると、むず痒《がゆ》いような焦燥感、はしたない衝動が湧き上がってくる。

カイは危うい衝動から逃れようと、呻きながら臀部を前後に揺らす。

するとと長大なエルヴァンの怒張は、薄布に包まれたカイの前の蜜袋にまで達し、油にまみれたやわらかな袋を背後から押し上げ、もみくちゃにする。

それがまたたまらない刺激となって、両脚を強く閉じたままのカイを煩悶《はんもん》させた。

「ぁ…、あっ…」

こんな手段で慰める方法があると聞かされた時には、される側にもここまでの快感があるとは思っていなかった。

カイ自身も重なる刺激で硬く反り返り、下腹にぴったりと貼りつかんばかりになっている。

エルヴァンの手が、背後から胸をまさぐるような仕種を見せた。

わずかなりとも丸く見えるよう、ただ布を詰めただけの胸がガウンの上から撫でられ、その手は下がって、なめらかな腹部を愛しむように撫ではじめる。

そのまま下腹へと手が向かえば、今、節操もなく反り返った自分に気づかれてしまうと、カイは焦って細い声を上げた。

「あ、待って…、待って！」

前のめりに逃げかける腰を捕まれ、背後にぐいと強い力で引き戻された。

「知っている」

男は低くささやいた。

何を…、と思った瞬間、カイ自身の昂ぶった性器がエルヴァンの手に捕らえられ、握り込まれていた。

「あぁっ…！」

知られた、と思った瞬間、悲鳴が口を衝いて出る。

知っている、となおも男は手の中に握ったカイをゆるやかに扱《しご》きたてながらささやく。

「知っているのだ、そなたが少年だと」

カイの耳許に口づけ、顎、頰と背後から口づけた男は、言った。

「…ぁ、嘘…」

カイは片手をついた不安定な姿勢のまま、信じられないような思いで口を覆う。

「知っているのだ、姫ではないことは…」

言いながら男の手は油に濡れて貼りついた薄布をはぐり取り、カイの下肢を剝き出しにしてしまう。

「ぁ…、許して…」

男だとばれたという恐怖と、その男の身でありながら、こうしてエルヴァンの怒張を股間に挟み込み、それで浅ましく欲情していることを暴かれる羞恥に、カイは顔を隠し、前へと突っ伏してしまう。

しかし、ヌルリとエルヴァンが脚の間から抜け出る感触がまた刺激になり、カイは濡れた呻きを洩らした。

「ああ、やはり少年だ…」

エルヴァンの低い声が響き、すぐには萎えないカイの欲望を握ったまま、油にまみれた手でやわらかく刺激してくる。

顔を覆ったカイは、ただなされるがままに伏していた身体を表に返され、両脚を男の前に大きく開かされた。

ばれてしまったという悲しみにも近い怯えと、あるがままの自分の肢体を男の目の前に晒される羞恥に、仰のけられたカイは半ば放心状態になる。

拙い性技しか持たないくせに、女でもないくせに、ほんのわずかな間でもこの身体を使ってエルヴァンを慰めたいなどと思い上がった自分が悪かったのだと、カイは顔を覆って啜《すす》り泣いた。

仰のかされたカイの上に、エルヴァンは覆いかぶさってくる。猛った男のものを、直接に生殖器に重ね合わされ、カイはその生々しさに呻く。

「そなたの本当の名は何だ?」

あからさまに自らの欲望をカイに押しつけ、ゆっくりと腰を揺らしてカイを煽りながら、両膝を大きく開かせた男は耳許に唇を寄せ、低く尋ねてきた。

その間も男の手は動き、カイのまとったガウンをはだけ、巻きつけた布を解いて薄く平らな胸も晒してしまう。

女の装いを解かれていくカイは、ただ呻くことしかできなかった。

「そなたの本当の名前は？」

いつからばれていたのか、エルヴァンの前で声を発した時からなのかと恐れおののきながら、カイは上に覆いかぶさった男を見上げる。

「…カイ」

「カイ？」

「カイ・スーラ…」

本当はずっと呼んで欲しかったのに、呼ばれるとまるでこれまでの魔法がすべて解けてしまったかのようにも思える名前を、カイは長い睫毛を涙で濡らし、惨めな思いで答える。

「カイ・スーラ、いい名だな」

呟くと、男は下肢へと手をすべらせ、硬く勃《た》ち上がったカイを握って、まるで誉めるように上下に愛撫してくれる。

「…ぁ、…ぁ」

これが終われば殺されるのだろうかと怯えながら、カイはやさしい愛撫に甘えた声を洩らす。口を割らない相手を懐柔する方法に、過度の快感を与える拷問《ごうもん》もあると聞いたことがある。

これがそれなのだろうかという恐怖と共に、ならばこの束の間の幸福と快感に今は酔っていたいという切ない気持ちも湧いてくる。

「アイラ姫はそなたの姉か妹なのか?」

あるいは縁戚かと、男は尋ねた。

「…姉です」

応えた唇に唇を重ねられ、カイはその口づけの甘さに酔う。殺されるのかもしれない、この海に沈められるのかもしれない、そう思うとなおのこと、今は離れたくなかった。

カイは口腔いっぱいをやさしく吸われ、舌先でまさぐられて、男の首に腕を絡め、逞しい腰には脚を絡めて呻いた。

「許して…」

カイは啜り泣く。

束の間でもいいから、姉の代わりに愛して欲しかった。愛したかった。

敵国のこの孤独な皇子を、愚かな自分は恋しいと思ってしまったから、憎みきることができなかったから…。

「怒ってはいない」

「…許してください」

貼りついた下着を解かれ、油に濡れた薄い翳りごと指先で嬲《なぶ》られ、カイは目に涙をいっぱいに溜めたまま喘ぐ。

節操もない下肢はこんな状況にもかかわらず、男の手の中で跳ね踊り、その刺激に先端からこぼれた滴《しずく》で男の手を濡らした。

「綺麗な身体をしている」

カイの淡く上気した胸許を撫でながら、男は言った。

お世辞でも嬉しいと、カイは薄い皮膚を手の平でなぞり上げられ、声もなく歯を食いしばる。何の膨らみもない胸なのに、施される愛撫は気持ちいい。触れられているだけで、気が変になりそうになる。

「触って…」

カイはみっともなくのたうち、呻いた。胸許、特に色味の浅い乳暈のかすかに隆起した粘膜を指先で押し上げられ、丸くこねるようにされると、勝手に濡れた吐息が洩れる。

「…ぁ、…ぁ」

もっと…、とカイは男の手に手を添えた。

浅ましいと思いながら、もっと強い刺激が欲しくて、ぷつりと勃ち上がった小さな尖りに男の指を触れさせる。

男の指が触れた乳頭を軽く指先で弾くように揉むと、大きいとはいえない乳頭が熟《う》れた桃色に染まり、さらに刺激を求めてぷっくりと膨れたのがわかる。

「あ…」

じんわりと痺れるような甘さに、カイはしなやかな背を反らせ、唇を噛みしめる。

そんな淫らさをどう思ったのか、エルヴァンが喉の奥で小さく笑った。

覆いかぶさった男が、また唇を合わせてくる。カイは胸を愛撫されながら、夢中でその口づけに応えた。うまく舌先を絡め、喉を鳴らして与えられた唾液を飲み込むと、ご褒美のように乳頭が揉まれ、長い指の間でこねてもらえる。

汗で湿った金髪をかき上げ、エルヴァンの指がカイの喉許を飾る硝子のビーズ飾りを取り去った。露わになった白い喉許に男は唇をすべらせ、喉の隆起に軽く歯を立ててくる。

「…っ」

性を偽っていたことを罰せられているのかもしれないと、カイはその甘噛みに背筋を震わせながら男の首をかき抱く。

ならば、どれだけ甘美な罰であることか。

男はカイの胸許で赤く色づいた乳頭を嬲りながら鎖骨《さこつ》を舌先で辿り、さらに頭をすべらせて左の乳頭を舌先で突いた。

「…ぁっ、んっ…、んっ…」

指先でもてあそばれ、懸命に背伸びしていた乳首を濡れた舌先でつつかれ、カイは身悶える。あまりに気持ちよくて、喉奥から嬌声《きょうせい》が洩れた。

「…はっ」

自ら腰をこすり上げ、男の猛ったものに濡れそぼった箇所をこすりつける。

「ここが好きか?」

尋ねられ、カイは何度も頷いてエルヴァンの頭を抱える。

赤く伸び上がった小さな膨らみをご褒美のように何度も吸い上げ、舐めてもらって、子猫のような甘い鼻声をこぼした。

「こんなにあちこち感じやすくて、辛くはないのか」

もう片方の乳首もやさしく舐め上げてくれながら、男が尋ねてくる。

恥ずかしさで顔から火が出そうだが、愛しい男と肌を合わせられる幸福と快感の方が、はるかに勝る。

「触りたい…」

カイはもつれる舌で訴える。

エルヴァンは低く笑うと、身につけていたシャツを脱ぎ捨てた。逞しく引き締まった身体が露わになる。

カイは手を伸ばし、見事に盛り上がった胸筋から、引き締まった腹部、背中、臀部にかけてをうっとりと撫でた。その合間に、やさしいキスが振ってくる。

エルヴァンの首に縋り、カイは細い声で呟いた。

「今だけでいい…」

今だけでいい、愛して欲しい…、もうこれで最後なら…、言葉にならない願いを紡ぐ唇を唇で覆われ、背中から腹部にかけてをゆるく撫でられる。

「ここが…」

エルヴァンは何度もその逞しい砲身にこすられ、熱を帯びかけていた浅い色の窄まりへと指をすべらせ、やんわりと円を描いた。

「…ん」

直接触れられる危うい感覚に腰を浮かしかけたところで、男の指先に力が込められた。油がたっぷりとまぶされた箇所は、節操もなくエルヴァンの節の高い長い指をぬるりと呑み込んでゆく。

「…ぁ」

多少の異物感はあるが、加減を知った男の指は、ゆるやかに無理のない力で香油をカイの内部に塗り込めながら、ゆったりと沈み込んできた。

「可憐な色味なのに、さっきから物欲しげにヒクつく様が淫らで、後宮でいったい何を教えられてきたのかと思った」

からかうような、それでいてどこか案じるような声と共に、男の腕がカイの身体を寝台の上に抱き起こしてくる。

膝をついたカイの身体を抱き、やさしく唇を吸いながら、男はなおもゆるやかにカイの後肛を嬲り続ける。腰を進んで突き出しているのか、それともその内部を徐々に奥まで穿ってゆく妖《あや》しい感触から逃れたいのかわからないまま、カイは男の指の動きに合わせて腰をくねらせた。

触れあった下肢がこすれあう刺激に喘ぐうち、さらに指が二本に増やされる。カイは懸命にエルヴァンの首に縋り、快感と不快感との入り混じった際どい感覚に耐えた。

そのうちに内部を穿ち、香油のぬめりを借りて粘膜をかき混ぜる指に、翻弄される快感の方が勝ってくる。

下肢がドロドロになり、エルヴァンの指を三本も呑み込んでいる粘膜が簡単には口を閉ざせなくなった頃、再度姿勢を変えられる。

カイは寝台の上に仰向けられ、大きく両脚を開かされた。硬く膨れ上がった男の先端が、香油に蕩け火照った箇所に押しあてられる。

「…あ…」

カイは重い瞼を上げ、自分を組み敷いた男を見上げ、続いて今まさに自分の中に押し入ろうとしている猛々しいものを見た。赤く濡れ光る粘膜にあてがわれている威容は、やはり到底呑み込めるとは信じられない大きさと迫力だった。

「そなたの中に入ってゆくところだ、よく見ておくがいい」

低く命じられ、カイは脚を大きく広げられた不様な姿のまま、ずっしりと重さのある砲身が自分の中に沈んでゆく様を見る。

「…ぁ、…あ、入って…」

カイは息を呑む。

十分にほぐされ、蕩けていたせいか、長大な先端は思っている以上にたやすくカイの中に入り込んでくる。自分で見ても卑猥な色味に濡れ光った粘膜はぬっぷりといっぱいにまで広がり、時折、感極まったように男を締め上げ、ヒクつく。

「そうだ、入ったな」

エルヴァンも快感があるのか、薄い笑みと共にカイの手を握りしめてくれた。

逞しいものが、信じられないほど根元近くまで深々と沈み込んでいる。

「あ…、あぁ…」

カイは無理のない力でさらにゆっくりと沈み込んでくる男を少しでも奥へ受け入れようと、下肢から力を抜く。

ヌックリとエルヴァンが腰の奥へ沈む感触があって、カイは濡れた声を上げた。

「あっ…、はっ…！」

腰が勝手にガクガクとゆらめく。

「ここがいいのか？」

エルヴァンは心得たように、腰を少し引き、さらに怒張を沈め直した。

「ああ、あっ！」

巨大な逸棒を抜かれる感触も、さらに埋め込まれる感触も、どちらも信じられないほどの快感がある。

「そなたは可愛いな…」

エルヴァンは甘さのある声で呟き、ゆっくりと腰を使ってカイを突き、大きく揺さぶりはじめた。

上擦った声を上げて快感を追ううち、カイは反り返って臍《へそ》のあたりを何度も打つ、節操のないカイ自身を握りしめる。根元を押さえていないと、快感にみっともなく暴発してしまうと思った。

だが、自らに手を添えると、逆に油でぬらつくものが指の中で跳ねる刺激がたまらなくなる。

「…あっ…、はっ…」

勝手に快感を追うまい、エルヴァンに合わせて…、とカイは抱え上げられたほっそりとした脚の爪先を強く反らせ、赤く色づいた性器の根元を握りしめ、なんとか自慰をこらえようとする。

しかし、エルヴァンはカイの自分本位な振る舞いを許すつもりか、甘い声で促してくる。

「かまわない、続けろ」

「あっ…、でも…っ、まだ…っ」

握りしめた先端から、ドロリとこらえきれずに白濁がこぼれた。

「…ぁはっ…、ぁ…」

カイは淫らに濡れた声を上げ、普段と違って噴出するわけでもなく、とろとろと先端からこぼれ続ける華液を止めようとする。

だが、エルヴァンに腰の奥部を突かれるたび、さらにとろりと濡れるようにカイの性器は先端から粘った液をこぼす。そして、それがまた疼くような快感を生む。

「あ…、どうして…」

カイは絶え間のない快感に煩悶しながら、桜色に色づいた性器を握りしめる。

突き上げられると、痺れるような快感が甘く腰を震わせる。その刺激で握った生殖器が濁った淫液をこぼすと、さらに爪先まで呑まれるような疼きが生まれる。

「ああ、達しているのだな…」

エルヴァンは感嘆したように呟き、なおのこと強く男根を突き入れてくる。油に濡れた粘膜はカイの煩悶とは裏腹に激しい抽挿《ちゅうそう》にも蕩けるような快感を覚え、嬉しげに男を喰い締める。

エルヴァンはカイを強く抱きしめ、口づけながらささやいてくれた。

「カイ、愛しい私の…」

この清楚な顔を裏切る淫らさが可愛いと…。

「あっ…、あっ、あっ…」

愛しいという言葉で、カイは堰《せき》をなくして身悶えた。体奥を深く穿っていた男も、感極まったような声を洩らし、組み敷いたカイの身体を抱きしめてくる。

強く抱かれると、腰の奥深くで何かが熱く飛沫《しぶ》くのがわかる。男の体液で内奥がたっぷりと濡らされてゆく感触に、カイは泣き声を上げた。

「あ…、あぁ…」

出てる、中に…、とカイはしどけない姿で喘ぎながら、譫言《うわごと》のように呟く。

しばらくは互いに荒い息でもつれあい、全身が痺れるほどの強い快感に動くこともできなかった。

四肢を投げ出していたカイの身体を、そっと抱えたのはエルヴァンだった。

「…ん」

長い金髪を乱したカイは、抱き上げられるままに男の膝に乗り上げる。まだつながりあった部分から、濡れた感触が伝いこぼれるのがまた刺激になって、カイは小さく呻いた。

力なく傾いだ身体は、逞しい男の腕によって抱え直される。

「…ぁ、もう…」

呟きかけた唇を、やわらかく塞がれ、カイは再び四肢を甘く震わせた。

「まだだ…、まだそなたが欲しい」

エルヴァンの呟きに、カイは小さく悲鳴を上げるが、それは男の喉奥に吸われた。

男の腰に跨《また》がるはしたない姿のまま、カイは広げられた下肢をゆっくりと下から突き上げられる。

「あ…、そんな…」

さらなる男の求めに煩悶しながらも、カイの身体は理性とは裏腹に貪欲に欲望に応じはじめていた。


カイが意識を取り戻したのは、温かな蒸気が淡くぼうっと立ち込めた白いあの浴室だった。

四肢を力なく投げ出したカイは、エルヴァンの膝の上に抱かれ、温かな湯で湿した布でやさしく身体を洗われていた。

「…ぁ」

重い瞼を開けると、エルヴァンが微笑み、愛しげに頬を撫で、唇を合わせてくれる。

口づけを交わしたあと、カイはさらに男によってかたわらのグラスから水を口移しに与えられ、喉を鳴らしてその美味い水を飲み下した。

「初めての相手に、少し無理をさせすぎた」

すまない、とエルヴァンは詫びる。

「…いえ」

「同性を相手にするのは初めてだったので、加減もよくわからなかった」

そう言われ、カイはエルヴァンが一度カイの中で達したあと、姿勢を変えられ、再度挑まれたことを思い出す。導かれるまま、散々に声を上げて懸命に腰を揺らし、二度目に内側深いところに吐精されたことまでは覚えているが、その後は揺さぶられるままに朦朧《もうろう》としていたのでよくわからない。

ただ、普段の穏やかな物腰とは異なり、エルヴァンがその精悍《せいかん》で整った容姿に見合った精力を十分に持ち合わせた美丈夫だということは、よくわかった。

「だが、そなたがたまらなく美しいこと、愛しいこと、身体の相性がいいことはよくわかった」

カイの身体を濡らし清めてくれながら、エルヴァンは穏やかな声で言う。

「…ぁ」

嬉しい…、とカイはエルヴァンの首に細い腕をまわし、ささやく。

実に巧みに身体の隅々まで愛してもらったが、あれで同性と交わるのは初めてだというエルヴァンの言葉も嬉しい。

ふとエルヴァンは手を止める。

「…初めて、なのだな?」

訝るような声に、何事かとカイは男の顔を見上げる。

「はい？」

「いや、そなたが最後、あまりに感じていた風だったので…」

「初めてです、身体をつないだのも、口づけを交わしたのも…。それはもちろん、後宮で様々な手管《てくだ》があることは教わりましたが…」

よもやそんなことを疑われているとは、とカイは細い眉を寄せる。

「…悪かった、馬鹿げたことを聞いた。そなたの初めての相手でいたかった」

普段の知的で穏やかな言動を見せる男らしくもなく、どうやらいない相手に焼きもちを焼いているのだとわかったカイは、目を丸くする。

そして、そんなどこか子供っぽいエルヴァンが愛しいと、その肩口にゆっくりと頭をもたせかける。

「いつから、私が男だとわかってらっしゃったんですか？」

「最初からそうだとわかっていたというわけではない。シルカシア城を探させた時、部屋の様子などから、そなたの兄とアイラ姫の他に、もう一人男兄弟がいるのではないかと思った。あと、生き残った捕虜や城の外のシルカシア国内の集落で、アイラ姫はすでに亡くなっているのだと言う者が何人かいたという話をサザーンが聞き及んできて…、不思議には思っていた」

エルヴァンは謎解きでもしているかのように、首をかしげる。

「ただ、そなたの外観はほっそりと美しい姫の様子だったので、男ではないかと考える方が難しかった。ドレスの内側に隠していた鋏を取り上げた時にも、まだそなたは姫だと思っていたぐらいだからな」

実際に確かめたのは…、とエルヴァンはカイの髪をそっと撫でる。

「そなたが水煙草を吸って、眠り込んでいた時だ」

あ…、とカイは口を覆う。

隣にエルヴァンが眠っており、うっかり眠り込んだ自分に焦った時だ。ただ、自分の身体にも何も手出しをされたような異変はなく、その後のエルヴァンの貴公子然とした態度はまったく変わらなかったので、身体を見られていたとも思わなかった。

「あの時、男の身で女を装って、何を意図しているのかと思っていた。何かの罠《わな》かもしれないとも疑ったが…」

エルヴァンは目を伏せる。

それでもこの男の態度は特に疑念を剝き出しにすることなく、カイに邪険にあたることもなかった。まったく動じた様子も見せない腹の据わりようは、見事だったとカイは驚く。

「どうして姫の身を偽ったのか、尋ねてもいいだろうか？」

エルヴァンは蝋燭やランプの明かりで薄く照らされた浴室で、まるで物語の続きでも聞くように尋ねてくる。

「城が落ちるとわかった時、私は父に国の再興の道を探れとの命を受け、城を出されたのです。男の姿では、サッファビーア軍によって捕らえられた時に、即座に殺されるだろうと女官の姿を取らせたのは母です」

「…それはある意味、賢明な判断だな」

エルヴァンは頷く。

「あの城を攻め落とすには、兄から許された兵の数はあまりに少なかった。シルカシアの民は勇猛なことで名高い。城壁も強固だ。まともに渡りあえば、我が軍にも大きな損害が出る。むろん、それによる私の過失、失脚が兄二人の狙いなのだとわかってはいたが…」

優秀さゆえに兄二人から疎まれているというエルヴァンは、辛そうに目を伏せる。

「手持ちの兵の消耗を防ぐため、これまでほとんど使ったことのなかった大砲を使って城を落とすと決めた時、中から逃げ出す者がいるとは思っていた。誰が抜け出てくるかはわからないが、どんな手段を使ってでも、生き延びようとする者は必ずいるだろうと思っていた。だから、精鋭の捜索部隊を城のまわりに配置したのだ」

城から抜け出す者は、何らかの情報を握っている確率が高いとエルヴァンは踏んでいたらしい。

それもある意味、正解だった。

「だが、攻城のために大砲を使った私は、その結果、自分の策がどれだけの人々を追い詰め、その命を奪ったのか思い知らされた」

だからこそ、あの埋葬の時の沈痛な表情だったのかと、カイは男の持つ深い感受性に泣きたくなるような胸の痛みを覚える。幼い頃からこの宮に閉じこめられて育ったとはいえ、この人は大事な人間を失う痛みを知っている。そして、人の死に対する敬意も、亡くなった人間を悼むやさしさも持っている。

家族の葬儀の用意を調えてくれたのも、そのために正教の主教を探すかと尋ねてきたのも、けしておためごかしなどではなく、家族を失ったカイへの細やかな配慮だったのだとわかる。

「父君から直接に、国を再興せよとの命令を受けたそなたにも、いろいろ苦悩はあるだろうが…」

エルヴァンはカイの身体を抱きしめ、頬を合わせながら言った。

「そなたの両親は、私の父などに比べればはるかに愛情深く、人間らしい。何としてでも成人前のそなたを生かして、逃がしてやりたかったのではないだろうか？」

深いその声に、抱きしめられたカイの胸がひくつく。

そうでないかとは、薄々感じていた。

攻め落とされてゆく城を何度も振り返った時、そして、皆の埋葬に立ち会った時、自分だけが生き延びるよりは、せめて共に戦ってこの地に骨を埋《うず》めたかったという思いが何度も胸をよぎった。

ただ、両親によって生かされた以上、誰にもそれを口にできなかった。ミレナやヤナの前ですら…。

時折、考える。今、ここに自分が残され、ただ生きている意味を…。

カイは口許を覆い、こみ上げてくる嗚咽をこらえる。

「わかっている、そなたの辛さは…。そのやさしさも、頭のよさも素直さも、すべて知っているから…」

エルヴァンはカイの頭を抱き、こめかみ、目許、額にと何度も静かに唇を落とした。

II

回廊のランプに、白い蛾《が》が煽られているのが見える。

今日も明るい月の光が白いテラスに反射し、部屋の中に薄青い光が満ちていた。風の流れのせいなのか、中庭の噴水の音に重なり、今日は比較的はっきりと後宮から楽の音が聞こえてくる。

エルヴァンはその音に耳を傾けながら、敷物の上に横たわったカイに身体を添わせるようにして身を起こし、ゆらりと水煙草の煙を吐く。吸い口を渡され、ベールを取ったカイもひと口吸って吸い口を差し出す。

吸い口の代わりに顎を取られ、カイは背後から唇を合わせてくる男に応え、そっと唇を開いた。

戯れのように唇を吸いあっていると、その雰囲気を壊さぬようにと気遣ってか、サザーンとチェンクが部屋を辞して出てゆく扉の音が聞こえた。

「…行ったな」

片手でカイの髪をやわらかく梳いていたエルヴァンが、カイの耳許で小さくささやく。

口づけを半ばで終わった男を恨めしく見上げ、カイはその胸に頭をもたせかける。

「おいで」

エルヴァンはそんなカイの甘えを見越したように笑い、そっと抱き上げた。

痩せているとはいえ、けして軽くはない自分の身体をやすやすと抱き上げる男に、どこにそんな膂力《りょりょく》があるのかと驚きながら、カイは抱かれたまま隣の寝室へと運ばれる。

帳の薄暗がりの中、カイはエルヴァンにガウンをはだけられ、肩からそっと脱ぎ落とした。

ぴったりと身を寄せあい、カイはエルヴァンの手を握る。

「色々考えたのだが…、やはり一度、そなたを男だと暴いてみるのはどうだろう？」

エルヴァンはカイの指先に口づけ、口を開いた。

「男だとわかった瞬間、殺されませんか？」

あの男に…、とカイは言い淀む。自分達を監視するチェンクの視線にはいまだに馴染めず、探るような視線がいたたまれないこともある。あの男なら、カイを手にかけるのに躊躇はしないだろうと思えた。

「だからこそ、ひと芝居打ってみようと思う。そなたには少々痛い思いをさせるかもしれないが、それだけ気を入れて騒がないと、やはり疑われる。だが…」

エルヴァンは言った。

少し前から、カイの身の処し方を二人は話しあっていた。

まだ成長期であるカイの女装にも、やはり限界がある。ここに来てから、カイはまた少し身長が伸びていた。

今ですら、サザーンは薄々何か感づいているようだとエルヴァンは言うし、女達の群れる後宮に顔を出すのも半ば綱渡り状態だった。同じ宮で寝起きしているチェンクの目をごまかせるのも、時間の問題だろう。

結局、姉と偽って生き延びようとしたカイの正体を暴きたてた方が、それなりにうまく収まる可能性が高いのではないかというのが、エルヴァンの言い分だった。

それは、敵国の王子や貴族の息子らは虜囚とされ、男奴隷や宦官とされるサッファビーアのこれまでの倣いを逆手に取った方法だった。敵国の王子らであっても、サッファビーアに忠誠を誓うなら、教育を与え、能力次第では皇帝の側近くに取りたてる傭兵部隊《イェニチェリ》の制度を生かして、カイの存在を公に認めさせてしまおうというものだ。

サッファビーアの宮廷事情によく通じた、エルヴァンならではの発想ともいえる。

最初は誰か一人、シルカシアの姫となる替え玉をディライ宮に寝起きさせて…とか、一度、姫の死を偽ってみたらどうか…、などという話も二人の間で出た。

しかし、皇帝スラッサード三世の密偵でもあるチェンクが、ディライ宮で見聞きしたことをすべて報告している以上、替え玉を立てるのも、死んだ振りを装うのもなかなか難しい。

かといって、チェンクに危害を加えるのは最悪の策だとエルヴァンは言った。チェンクの身に何かあれば『暗殺集団《カーティラ》』自体が動き、エルヴァンやカイの命そのものが危うくなる。

だから、女の振りをしていた男だと騒いだ方が、逆に吉と出るかもしれないとエルヴァンは微笑んだ。

女奴隷の身に落とされた姫であれ、男奴隷であれ、従属しなければならない立場が同じなら、より自由に動ける方がいいだろうというのだ。

「ずっと女の振りをしていたことについて、何の咎めもなしでいられるでしょうか？」

カイは低く尋ねる。

「そうならないよう、できうる限りの芝居を打ち、そなたを庇って言い抜けるつもりだ。そのためには多少、人前で手を上げなければならないかもしれないが、許して欲しい」

罰せられて当たり前だ。むしろ、何を企んでいたのかと責められ、場合によっては拷問などを受けることもあるかもしれない。

それに何より、この男と引き離されて…、とカイは目を伏せる。

離れがたいと思う自分の愚かしい恋心は、家族や国の民らの復讐を狙う機会にも目を瞑った上、さらにまだエルヴァンに恋着している。殺されることよりも、エルヴァンに二度と会えなくなることを怖れている。

「カイ、生きねばならないのだと思う。私も、そなたも…」

エルヴァンはカイの胸に抱いた煩悶をすでに見抜いているように、そっとカイの身体を抱きしめてくれる。

「そなたに会って、もっと生きたいと思った。兄の即位の日までの命を、この宮で無為に過ごしてゆくのかと思っていたが、今はそなたと共に生きたいと思う。この鳥籠を出て、共に自由に飛んでみたいと思う」

愛している…、という低いささやきに、カイは身を震わせた。

「生きてゆけますか？　あなたと一緒に…」

やさしい告白をもらった喜びと、先の見えない不安とに震え、カイはエルヴァンの首に腕をまわす。

「そうだな、このイシュハラーンを出るのなら、私は母の故郷で生きたいと思った。そなたの生まれた、カフカスの地で」

母の名前はヴェールカ、母の出身はカルトリ国といったのだと、エルヴァンは打ち明ける。

そこはやはり、カイが父から三十年前にサッファビーアに征服されたと聞いた国だった。

「最初に会った時、チョハを身につけていらっしゃったのは、そのせいですか？」

「あれは、母が婚約者だった王子のために作っていた婚礼衣装らしい。婚礼までに花嫁が花婿の衣装を仕立てるのが、カルトリのならいだったとか。母が国から持ち出せたわずかな品の一つで、母にとっては自分の故郷とかつての婚約者との思い出の品であり、私にとっては母の形見だ。だからこそ、あの地に赴くなら、一度身につけておきたかった。カフカスに赴く際、どこかで命を落とすことになるかもしれないと思っていたしな」

カフカスへの行軍にはチェンクの他、カーティラの人間が十名ほど、兵士に紛れてやってきていたのだという。二人の兄に、そして場合によってはその二人の兄共々、自分はどこかで殺害されるかもしれないと、ずっと覚悟していたのだとエルヴァンは言った。

「父にとっては、体のいい厄介払いでもあったんだろう。もともと征圧のための軍隊としては兵の数も少なかった。兄によって私一人がシルカシアに向かわされた時、さらにその手勢は三分の一以下に減らされた。まともに渡りあっては、とても勝てない戦だった」

どれほどの覚悟で乗り込んできていたのか、エルヴァンは目を伏せる。

「チョハは盛装です。カフカスの人間にとっては婚礼衣装でもあり、戦闘用の衣装でもある。父のチョハも、婚礼時よりいつも私の母が仕立てていたと聞いています」

カイは最後に父がまとっていたチョハを思い、エルヴァンを見た。

「私達はカフカスに帰れるでしょうか？」

そんな日がいつか来るのだろうかと、でも、それは何と素敵な夢なのだろうと、カイは男にそっと尋ねる。

エルヴァンは静かに笑った。

「それがそなたの夢なのだろう？　ならば、私はそれを叶えてやりたい」

カイは微笑み、男のために身体を開いてゆく。

「今は何としてでも、そなたを私の許に置く。私には男色家の名前がつくが、カイさえよければそれもいいだろう？」

エルヴァンはカイの胸許から、絹の下着を取り去りながら、これからの展開を面白がっているような表情を見せた。

「男色家？」

「そうだ、そなたは私の愛妾ではなく、小姓と呼ばれるだろうな」

だが…、とエルヴァンは微笑む。

「下手にシルカシアの姫との間に子供を作るよりは、かえって大目に見られるかもしれぬ」

悪戯っぽいエルヴァンの声に、カイも小さく笑いを洩らした。

Ⅲ

翌日の朝、カイはエルヴァンの手によって、閨の外へと引きずり出された。

「チェンク、男だ！　この者は男だ！」

エルヴァンの叫びによって、髪を引きつかまれたカイは、駆けつけたチェンクの前に平らな胸を晒された。

多少手荒い扱いをするかもしれないが許して欲しいと言われていたものの、実際に髪をつかまれ、床を引きずられた時の痛みは、凄まじいものだった。

カイは思わず悲鳴を上げ、頭を庇って許しを請うた。

ただ、ここで手加減されていれば、カイはチェンクによってその場で仕留められてしまうかもしれない。

髪をつかまれて呻くカイを、エルヴァンはさらに膝で床に押さえつける。

「チェンク、縛り上げろ」

あまりに冷たいエルヴァンの声に、カイは一瞬、本当にエルヴァンに正体を暴かれた自分は、このまま切り捨てられるのかもしれないと怯えたほどだった。

不要に騒がせず、舌を噛み切らないようにと猿轡《さるぐつわ》を噛まされたカイは、エルヴァンとチェンクによって、スラッサード三世の面前に半裸に剝いだ後宮の衣装のままで引きたてていかれた。実際には引きたてていかれたというよりは、チェンクの肩に担ぎ上げられて連れていかれた形で、この時もあまりに乱暴に扱われたカイは揺れと無理な姿勢に危うく吐きそうになった。

「恥ずべきことにこの者は」

父に面会を願い出たエルヴァンは、父親の前で床に引き据えたカイを指差した。

「命惜しさに女の身を偽り、しばらくは閨の闇の中でも女を装っておりました」

ほう…、とエルヴァンの糾弾に、皇帝は椅子に腰かけたまま、床に転がされたカイと第三皇子を見比べていた。

「男だったとわかった日には、相応の罰をくれてやったのか？」

尋ねられ、かしこまったエルヴァンはぞっとするような冷ややかな声を出した。

「私は彼を打ち据え、昨晩中犯し、その身を屈服させて、二度と我がサッファビーア帝国に刃向かわぬことを、誓わせました」

カイは引きつった蒼白《そうはく》な顔で、エルヴァンを見上げる。

実際、これまでになく乱暴に扱われ、無惨に猿轡を噛まされたカイの口許には、床を引きずられた時にできた痣《あざ》と傷があった。それを完全に見下したエルヴァンの冷酷な物言いには、何の慈悲もないように感じられた。

「何とも情けない王子もいたものだ。女の真似…。カフカスの人間は勇猛だと話に聞いたが、これでは…」

呆れたように薄笑いを浮かべた皇帝は、しかし、たかがつまらぬ一奴隷の話だと呟く。

エルヴァンが体面を損なわれたと憤っていようが何だろうが、髪も乱れ、顔も血で汚れてぐるぐる巻きにされた少年奴隷など、ごみも同然の無価値な存在でしかないらしい。

確かに皇帝にとっては、それ以上でもそれ以下でもないのだろうが…、とカイはエルヴァンに強い力で床に押さえつけられ、痛みのあまり涙の浮かんだ目を伏せた。

「次におかしな真似をすれば、宮刑《きゅうけい》で本物の女にしてやれ」

次に逆らえばカイを問答無用で宦官にせよ、との命令に、エルヴァンは頷き、荒々しくカイを皇帝の前から引きずって下がった。

最後まで乱暴に扱われ、床でこすったカイの頬と脚は、酷い傷となって七日ほど赤く腫《は》れた。


「まだ腫れが引かないな…」

闇の中でカイの顔と手足を手ずから消毒し、油膏《ゆこう》を塗って布を当てながらエルヴァンは低く詫びた。

「痛むだろう、悪かった。許して欲しい」

痕が残らなければいいが…、とエルヴァンはまるで自分が傷を負ったかのように眉を寄せ、カイの傷に触らないよう、そっと頬を撫でてくる。

「いえ、多分、あれぐらい手荒に扱われていないと、疑われていたでしょうから」

カイは首を横に振り、エルヴァンの手に手を重ねる。

エルヴァンのもくろみ通り、あの日以来、カイはエルヴァンの少年小姓という立場で、ディライ宮で寝起きを許されている。

皇帝がただの一奴隷のカイの詭計《きけい》について詰問しないと言えば、逆にもうそこで誰もそれ以上、皇帝の決断には異を唱えられなくなるのだと、それを見越していたらしきエルヴァンは言った。

そして、スラッサード三世の立場からすれば、征服した一国の王子が女を装っていようが、それが第三皇子の面目を損なおうが、自分の皇帝としての威信を傷つけるものでない限り、大騒ぎしてあげつらう方が器が小さく見えるのだという。だからこそ、皇帝はたかが一奴隷の話で、とりたてて騒ぐほどのことではないはずだとエルヴァンに言い捨ててみせた。

カイが男であると黙っていたミレナとヤナの二人の女官についても同じで、皇帝が興味を持たず、エルヴァンがあえて問題視して騒がなければ、誰もそれに異を唱えられないともいう。カイにとっては不思議な矛盾だ。

「長兄のラヒムがいれば、少々話はややこしくなったかもしれないが、幸いにして兄上はまだカフカス駐留軍の総大将だ。父上にさらに北進して大国ルーシとまともにぶつかりあうように言われないかと、冷や冷やしているところだろう。カイのことまでとても気がまわらないだろうし、二番目の兄には長兄ほどの思慮や用心深さ、それに伴う権力はない」

力がないのは私も同じだが…、とエルヴァンは小さく笑った。

しかし、本当に自分はそれだけで許され、ここにずっといていいのだろうかと半ば拍子抜けしたカイに、エルヴァンは余裕のある表情で応えた。

「皇子の褥《しとね》に女奴隷が侍ろうが、男奴隷が侍ろうが、外から見る分には一緒なのだ。実際、父には何人かの男妾《おとこめかけ》もいるからな」

欧州出身の何人かの白い肌を持つ見目のいい青年らが、スラッサード三世には後宮の愛妾とは別についており、普段の身のまわりの世話をしているのだという。彼らは少年の頃に奴隷とされ、テュルク語を教えられ、宮中で皇帝に仕えるべく育てられた奴隷達らしい。

逆らえば殴られ、犯され、殺される立場だ。だからこそ、エルヴァンはカイをひと晩犯し、奴隷の立場を身をもってわからせたと残忍さを装って言い放った。

それはある意味、もはや完全に自分の奴隷とした少年なのだから、他の者には渡さないという宣言ともなっているのだというあたり、エルヴァンは相当の策士なのだろう。

「私の男妾とされるのは申し訳ないが、サッファビーアでは軍の将校達に愛妾の代わりに男妾が一緒に赴くことも珍しくない。兄のムハディは、この間も二人ほど伴っていたはずだ」

まぁ…、とエルヴァンは目を眇め、首をかしげた。

「私に言わせてみれば、次兄の趣味はすこぶる悪いが…」

エルヴァンは涼しい顔で、さらりと毒を吐く。

「カイがあの時、男のまま捕らわれていれば、はたしてそなたは私に譲られていたのかな?」

それこそ、次兄に取られてしまっていたかもしれないよ、とエルヴァンは軽口と共に笑った。

IV

『このイシュハラーンの衣装もよく似合っておいででしたけど』

新しく仕立てた黒のチョハに袖を通したカイの姿を見て、ミレナは目を細めた。

この間、カイは十七歳となった。そのせいか、また少し身長が伸びて、直してもらった姉のドレスの丈も短くなった。自分ではあまりよくわからないが、顔立ちも以前より大人びたと言われる。

年齢的にもこのままカイがずっといつまでも姫君を装い続けるのは厳しいだろうと言ったエルヴァンの言葉は、それなりに的《まと》を射《い》ていたのだろう。

『アイラ姫のドレスを身につけられた時には、アイラ様に瓜二つだと思いましたが…』

カイの胸までの長さの金の髪に細い編み込みをいくつか作りながら、ヤナも相槌《あいづち》を打つ。

『やはり、そのお姿がカイ様なのだと思います』

カイは服を仕立ててくれた二人の女官に礼を言うと、エルヴァンに本来の自分の国の盛装を見せるため、部屋を出て回廊を歩く。

エルヴァンの小姓としてディライ宮に侍ることとなったカイは、エルヴァンと共にいつかカフカス地方へと戻る機会を待っているところだ。

ミレナとヤナはエルヴァンの小姓とされたカイにかなり複雑な思いがあるようだが、それでも命があったことは救いだと言ってくれた。カイが男だとわかったあとも、エルヴァンが二人を咎めだてもせず、そのまま侍女として側に置いてくれた厚遇について、それなりに感謝もあるらしい。

共に城を抜け出した兵士二人も、エルヴァンが傭兵という扱いで捕虜からサッファビーア軍の兵士に組み込んでくれたと知らされてからは、二人のエルヴァンに対する態度もやわらいでいる。

折を見てシルカシアへ戻ることができるかもしれないという希望は、それなりに二人にとっても張り合いとなっているのはわかる。

「カイ」

中庭の噴水の横で書を読んでいたエルヴァンは、チョハを身につけたカイの姿に目を細めると立ち上がった。

カイは走っていって、愛しい男の胸に飛び込む。

「なるほど、姫の姿もいいが、やはりチョハが一番似合う」

「これなら、少しは剣のお相手もできましょう？」

カイは、今日はサッファビーアの皇子としての盛装をしたエルヴァンに微笑みかけた。

剣の腕前でエルヴァンにかなうとは思っていない。ただ、姫の姿では、やはり夜の間しかエルヴァンの側にはいられないし、共にできることも少ない。後宮には出入禁止とされたが、それは逆にカイにとっては幸いで、その分、エルヴァンの供として学問所におおっぴらに出入りすることも許された。

だから、やはりカイはこの姿でエルヴァンの側にいるのだと決めた。そして、エルヴァンがずっとそうしてきてくれたように、できうる限りこの男を支えたかった。

「油断ならないな」

エルヴァンは抱きとめたカイの手を取り、耳打ちした。

「剣も兵法も、まだまだ学ばねばならないことは山ほどあるぞ、カイ。少し前にカフカス地方にいる兄のラヒムがこちらに帰りたいとの二度目の使者を寄越したと耳に挟んだから、今朝、父上にカフカスはもうこりごりだ、父上のお側にいたい、このイシュハラーンにいさせてくれと頼んできたところだ」

「こりごり?」

エルヴァンの盛装はそのためらしいが、いったい何を言っているのだとカイは目を見開く。

「ああ、イシュハラーンにいたいと言ってやった。あの猜疑心の強い父のことだ。今頃、私が何を企んでいるのかと、勘ぐっていることだろう。私は四兄弟の中でも一番父に受けが悪いからな。父は私を常々自分の側から遠ざけたいと思っているから、すぐにとはいかずともおそらくそのうちに私はまた理屈をつけて、この都から出されることになる。もちろん、与えられる手勢は少ないだろうがな」

ここを出る機会さえ与えられれば、理由など何でもいいのだと、エルヴァンは悪戯っぽい瞳を見せると、カイの耳にささやいた。

「我々がカフカスに帰る日のためにも、父上にはせいぜい長生きしてもらわねば」

カフカスへ、あの緑の山に抱かれた故郷へ帰る、同じカフカスの血を引くこの男と共に…。

カイは風に揺れる髪をかき上げ、頷いた。

イシュハラーンには、世界の半分があるのだと人は言う。

ならば、カイの世界のもう半分は、やはり故郷カフカスの地なのだろう。

自分は戻る。父と約束した、国の再興の術《すべ》を探して。母と約束したように、母の形見の髪の束を携えて。

そして、あの地でこの男と共に生きるのだと…。

END

王子達の楽園

乾燥した風に砂が交じる中、地面を焼いていた陽が大きく西に傾きかけている。

風は高台の城郭に立つ二人の服の裾を、大きくはためかせていた。

白く抜けるような肌を陽射しから守るため、鮮やかな青の布をゆったりと頭に巻きつけて目許だけを出した細身の青年が、手許の計測器から顔を上げる。

青年は手許の図面に丁寧に数字を書き入れると、エルヴァンを振り返り、顔を覆っていた布を細い指で押し下げた。深みのある澄んだ青の瞳と女性と見まがうほどのよく整った綺麗な細面の顔、布の間からこぼれる金色の髪が露わになる。

「ほぼ、計画通りに出来上がっています。ここは優秀な職人が揃っていますね」

青年は嬉しそうに微笑んだ。

甘くやわらかな声は耳にやさしく、会ったばかりの頃、女性用のドレスをまとって姉の名前を名乗っていた時も、違和感なく聞こえた。

今はあの頃に比べれば、身長が伸びた分、いくらか声も落ち着いて低くなっただろうか。しかし、あいかわらず甘さのある、魅惑的な声であることには変わりない。

カイ・スーラ、今はなきシルカシア王国の第二王子だった少年は、あれから三年を経て、十九歳の青年になった。金の刺繍で飾った黒い長衣《チョハ》をまとい、常にエルヴァンの側に侍る麗しい金髪の小姓の姿は、今ではそれなりに有名だった。

エルヴァンの『美しい月《ディラィ》』宮にやってきた時には、『シルカシアの宝石』とも呼ばれた王女の姿だったこと、今よりもさらにほっそりとしていたとはいえ、その姿のままエルヴァンの閨で伽を務め、二ヶ月以上もの間、男だとばれなかったという話は、その美貌もあいまって今も語り草となっている。

胸までの長い金髪を、銀の髪飾りと共に幾筋か編み込んだカイは、そのことを尋ねられてもただ笑うばかりだ。いい意味で、簡単には胸の内側を見せないイシュハラーン宮廷なりの身の処し方を、身につけてきたのだろう。

「どれほどだ？」

エルヴァンが尋ねると、カイはどうぞ、と専門の計測器を手渡してくる。

カイはイシュハラーンに来た時から様々な建築物に興味を持っていたが、そのせいか建築学に強く、今ではエルヴァンのよき補佐役、秘書役ともなっている。

今、二人は少し前の地震で一部が崩れた、サッファビーア南東部の街、アレッポ城の修復にあたっているところだ。

エルヴァンがアレッポに修復に赴くにあたって、父から与えられた軍は三千。シルカシア攻略にあたって、兄に与えられた五千の兵よりもさらに少ない。まさに修復と城の警固のためだけの兵で、父親の自分に対する信頼の度合がそのまま兵の数になっている。

カイにそう言うと、最初はそれで十分じゃありませんかと、青年は微笑んだ。

まずはイシュハラーンから共に出る、それが二人の一つ目の目標だった。

イシュハラーンを出て、エルヴァンの存在を疎むスラッサード三世や兄皇子二人の力が及びにくい場所へ無事に辿り着くこと、二人で共に生きるためにはまず何よりもそれが一番の課題だった。

もちろん、イシュハラーンを出ても、チェンクはもとより、他に暗殺集団《カーティラ》の手の者が今回も他に二、三人、三千の兵士らの中に紛れてエルヴァンの動向を監視しているとの話だった。だが、それでもあの鳥籠の中に閉じこめられ、スラッサード三世の手の内で無為に生かされていた時とは違う。

たとえ三千といえども、今はエルヴァン自身が兵を率いて自由に動ける身だった。シルカシアとその隣国を落とさなければ、兄二人からも父からもその咎を受けるはずだった時とも違う。

それに…、とエルヴァンは計測器でカイの測っていた部位を確認し、かたわらでカイが広げてみせる図面と数字とを確認し、微笑んだ。

何よりも今は、カイがかたわらにいる。

「なるほど、そなたの言う通り、図面通りに仕上がっているな。きっとそなたは、そのうち私よりも築城に通じ、水路の確保や兵站《へいたん》の運用に詳しくなるだろう」

いいえ、とカイは乾いた風の中、首を横に振る。

「まだまだです」

風にさらわれた長い金の髪が、夕陽に美しく煌めき、舞った。

「私はまだまだエルヴァン様に教えていただかなければならないことが、山ほどありますから」

今回のこの城の補修はいい経験になるでしょうね…、とカイは呟く。

このアレッポ城は、長く難攻不落といわれた要塞城だ。人々にそうまで言わしめてきた城の構造を、一つ一つ分析して、今後に活かしたいとカイはずいぶん熱心に職人や建築監督らの間をまわっている。金髪の目を見張るほどの佳人のそんな姿は、エルヴァンの寵愛を受けた小姓という肩書きと共に、城内ではかなり有名だった。

「どうかな？　私はそなたの几帳面さと、語学力、頭の回転の速さを高く買っているのだが」

エルヴァンは乱れたカイの髪を捕らえ、鮮やかな青さを持つダマスク織《おり》の布で再びその髪を風から守るように包み直してやる。

会った時から、それなりに流暢なテュルク語を話していたカイは、イシュハラーンに来てから難解なテュルク語をほぼ完全に習得し、城を出る頃には洗練された詩すら作れるようになっていた。

他にエルヴァンもあまり詳しくない西欧の古典言語を巧みに解することもできたし、このアレッポに来てからは現地職人らとのやりとりからそれなりに現地の言葉を覚えて、今なら簡単な通訳程度ならこなしてみせる。

エルヴァンの小姓と呼ばれる立場から、エルヴァンの右腕と周囲にも呼ばれ、信頼される日まで、さほど時間はかからないように思えた。

「そんなに高く評価していただかなくても、私はエルヴァン様と一緒にいられるなら、それだけで十分です」

カイはエルヴァンと肩を並べ、高いアレッポの城壁から眼下に広がる市街を眺めて楽しげに笑った。

広い街の端は砂埃で霞《かす》み、遠くまでは見えない。

アレッポは位置的にはカフカスとイシュハラーンの半ば、しかし、二人の目指すカフカスからはかなり南方の地だった。周辺は砂と岩ばかりの土地で、もう少し下れば砂漠という場所にある街だが、古くからの交易都市だ。その歴史は、イシュハラーンよりもはるかに古い。

城はイシュハラーンと同じで、丘陵地に造られた古くからの堅固な要塞だった。

「不思議な眺めですね」

夕陽に照らされた白く埃っぽい街を見下ろしながら、カイは口の中で小さく呟いた。

「シルカシアとはまったく違う。街の様子も、周囲を取り巻く環境も…」

確かに緑の山々、その峰に白く残った雪、深い森、澄んだせせらぎ、花々が群れ咲く野辺、心地よい気候と、実際にエルヴァンが訪れたカフカス地方は、子供の頃、母の話に聞いたままの美しい国だった。

まだアイラ姫の形を取っていたカイが、夜毎、エルヴァンに話してくれたカフカスの伝承、物語の中には、エルヴァンが幼い頃に母から聞いた話もあった。

正体が少年だとわかっていても、その意図が読めなくとも、母が聞かせてくれた懐かしい物語を、カイが耳にやさしい声で話すのを聞いていると、その存在を疎ましく思うことはできなかった。

むしろ、エルヴァンは母と同じカフカスに生まれた、男とも女ともつかない美しい面立ちの佳人が夜毎に自分の枕許で物語を紡ぐひとときを楽しんでさえいた。

そしてすぐに、閨の中以外でもカイをかたわらに置き、嬉しそうに笑う様子を見たいと思うようになった。

正直なところ、カイが後宮に行って作法や楽器の奏法を学びたいと言いだした時には、それに伴って必ず仕込まれるだろう房中術をどんなふうに学ばされるのかと、案じさえしていた。

それほどにあの時のカイは清らかで、あの陰謀渦巻く宮殿では非力に見えたと、エルヴァンはカイと共に砂に霞んだ乾いた街の様子を眺める。

街はほとんどが石と日干し煉瓦《れんが》でできていて、今、こうして見る街の様子は白っぽく乾いている。砂漠の中のオアシスとして発達した交易都市だが、シルカシアはもちろん、海を前にした白大理石と青いタイルでできたイシュハラーンとは湿度が違うし、緑の量もまったく違う。

イシュハラーンが海の上に浮かぶ豊かな海上都市なら、ここは石と砂でできた交易都市だった。

「ひと続きの陸の上にあるとはとても信じられないような…、眺めも気候も、まったく違います」

しかし、カイはこの街が好きだという。生まれ育ったカフカスとは水の量も貴重さも違うが、それでもこの乾いた街も好きなのだという。

砂漠の中のオアシス都市ゆえに、このアレッポは中東では一番の隊商宿《キャラバンサライ》の街とも言われている。東西、あるいは南北を行き来する隊商の他、聖地を目指す巡礼人も多い。そのため旅人の姿は多く、それに接する街の人々も心温かで親切だ。そのせいだろうか。

そういえば…、とエルヴァンは初めて駱駝《ラクダ》を見た時、ずいぶん無邪気に喜んでいたカイを思い出す。

エルヴァンに話に聞いていた通りの生き物だと、本当に笑っているような顔をしていて背中にはこぶがあるのだと、子供のように喜んでいた。

今も駱駝そのものは好きなようで、たまに涼しくなった夕暮れの頃、駱駝に乗って散歩に出ようなどと誘われる。

意外にも、カイには最初の頃から共に踊ってみないかと誘われたり、一緒に食事をしようと部屋までやってこられたりした。夜に伽の代わりに物語をしたいと言い出したのもカイだったし、自ら進んでエルヴァンを慰めようとしたのもカイだ。

強いられたわけでもないのに、気がつけばいつのまにかエルヴァンはカイに導かれるようにして、あの

『金の鳥籠』から連れ出されていた。

あそこから逃れようと願うことすら、長く忘れていたのに…、とエルヴァンはカイとの不思議な巡り合わせを思う。兄二人と共にカフカスに遠征軍として出された時にさえ、自分はあの皇子達の幽閉所の呪縛から逃れられなかったというのに…。

綺麗な顔をして…、とエルヴァンは隣に立つカイの白い横顔を見る。最初に会った時より背が伸び、目の位置が以前よりもやや近くなったが、カイはあいかわらずエルヴァンを見上げなければならないので一緒だと言う。

予想外の胆力と積極性がある青年だと思わず笑ったエルヴァンを、カイは訝しそうに見る。

「どうされました？」

「いや、今日は夕方の散歩に行かないのかと思って。駱駝が好きなんだろう？」

からかわれているとわかるのか、カイはいえ…、と手許の図面を丸めた。

その指にはカイがずっと大事にしてきた、母親が父親に結婚に際して贈られたのだという、青く美しい深みのある石のはまった指輪がある。カイの瞳の色を移したようなその指輪は、エルヴァンもいつのまにかカイの一部のように思えていた。

カイの瞳の色は、エルヴァンと同じくカイの母親譲りだと言うが、エルヴァンにはカイの父のカザス王がどんな想いをこめて、それを王妃に贈ったかわかるような気がする。

「駱駝は好きですが、別に駱駝に乗りたくてエルヴァン様をお誘いしているわけではないです」

「そうなのか？　てっきり、あの高い駱駝の背中でゆらゆら揺られる感覚が好きなのかと思っていた」

馬とは違って、駱駝は左右同じ側の脚を二本揃えて歩くため、乗ると前後にゆらゆらと揺れる。まるで船に乗っているような乗心地で、駱駝が砂漠の船と呼ばれるのもわかるとはしゃいだのもカイだ。

「まぁ、嫌いではないですが」

カイはそこまで言うと、細い眉を寄せ、図面と測量器を抱えてしまう。

「最初にエルヴァン様が私に話してくださったのが、砂漠の物語だったたでしょう?」

「ああ…」

そうだったろうかと、エルヴァンは記憶を探るが、詳しいことはあまり覚えていなかった。だが、多分、駱駝の話はその時にしたのだろう。

エルヴァンは図面と測量器を抱えたカイと、肩を並べて高い城壁から階段を下りる。

「その時、まるで夢のような幻想的な場所だと思ったのです」

「幻想的?」

「ええ、王子と王女が魔神から逃れて夜の砂漠を渡ってゆく話だったでしょう? 白い砂原の上に青く細い月がかかり、空一面の星が広がる様子はどれだけ美しいのだろうかと…」

カイは頭に巻いていた被りものをゆるやかに解きながら、エルヴァンを見上げてくる。

警備兵が灯していった篝火《かがりび》を受け、金の髪が淡く光って見える。

「ああ、そうだ。あの時、水煙草を吸っていたせいもあってよけいにそう思ったんです」

廊下をエルヴァンが執務室として使っている部屋へと向かいながら、カイははにかむような笑みを作った。

「まるで自分がその夜の砂漠で、青い月を見上げているような気がして」

あなたと二人…、とカイは微笑む。

「あの時のことか」

エルヴァンはカイの秘密を暴いた夜のことを思い出す。

実際にカイ自身に触れて確かめ、この意図は何かと混乱していても、やはりまだ深く眠りに囚われたその寝顔は美しいと思ったあの夜…。

「あまりに無防備に眠り込んでいるから、驚いた晩だ。いくら約束したとはいえ、男の閨でこんなに無防備に眠り込むものだろうかと」

エルヴァンはカイをからかう。

「信頼しておりましたから」

カイは気恥ずかしさからか、薄く目許を染めて言い返す。

「普通の男はおそらく、私のように気長には待たないぞ」

「そうはおっしゃっても、私の知らぬ間に色々お確かめになったようで」

口調こそ辛辣だが、照れて自分とは視線を合わせようとしないカイを、エルヴァンは壁に押しやり、戯れに口づけにかかる。

最初は軽く首を振るようにして抗ったカイも、やがて壁に押しつけられた姿勢のまま、やわらかく唇を合わせて応えてくる。

「…いっそ、もっと早くに手を出しておけばよかったな」

濡れた甘い唇をそっと指先で拭い、エルヴァンが低くささやくと、カイは喘ぐように喉を鳴らした。


ランプに照らされた浴室は胸の高さから白く漆喰が塗り込められている分、イシュハラーン城のエルヴァンの宮の浴室よりも明るめだった。部屋全体が、強めの蒸気で白くぼうっと霞んでいる。

その蒸気の向こう、丸いドーム状の天井に開けられた六角形の天窓からは、高く星空が滲んで見えた。

十分に温まったエルヴァンの身体を、カイが泡立てた石鹸で丹念に洗ってくれる。

敷き布の上に横たわったエルヴァンは、かたわらのカイを眺め、そして天井の天窓の奥に細かく煌めく星を見上げた。

今夜は風も落ち着いてきたのだろう、星もよく見える。風の強い日には、舞い上がる砂で星も鈍く煙って見えないことがあるのだと、エルヴァンはこの街に来てから知った。

「何を見ておいでです?」

エルヴァンの腕を洗いながら、カイは尋ねる。

「…星を」

エルヴァンの声に、カイも顔を上げた。蒸気のせいで少し見づらいのか、深い青の瞳を何度か瞬かせる。

「ああ、今日は風が収まってるんですね」

カイはエルヴァンの身体を洗う手を止め、微笑む。

「浴場で身体を洗いながら頭上の星を眺めるなど、イシュハラーンでもできない贅沢ですね」

「そうだな」

敷布の上に半ばまで身を起こしたエルヴァンの肩から背中にかけてを、カイはさらに続けて洗ってゆく。

腰布を巻いただけの濡れた身体は、ランプの光を白く吸って艶《なま》めかしい。まだ洗い終えていない髪は湿って形のいい肩に落ちかかり、胸許の淡い色味を隠している。

エルヴァンはカイの手から、泡にまみれた海綿を取り上げた。

「…何です？」

カイがかたわらの湯を張った水盤から小ぶりな手桶《ておけ》ですくい、流かけてくれようとする腕をエルヴァンは捕らえた。

軽くそれを咎める視線を無視し、エルヴァンは膝をついた青年の身体を腕の中に抱き取る。

「次は私が洗おう」

白い喉許を泡立てた海綿でそっとなぞり、肩口、腕、背中と洗い上げてゆく。

ほっそりとした身体を背後から抱きかかえるようにして、胸許へと海綿をすべらせながら、そこをより丁寧に洗う。

カイの喉許から、エルヴァンの意図を察しているかのように忍び笑いが洩れた。

泡立てた海綿を片手に、たっぷりの泡をまぶしたもう片方の手で胸許から腹部、腹部からさらに胸へと大きな手をすべらせてゆくと、それまで笑っていたカイが艶めかしく息を呑む。

「…ぁ」

エルヴァンの手を押さえようとする手にはかまわず、そのまま薄い胸を手の平でこね、指先に引っかかる小さな尖りを軽くつまみ、押しもむ。

「…こんなところで」

エルヴァンの膝の上で胸を愛撫されながら、カイはやさしい声でなじった。

エルヴァンは応えず、その顎を捕らえて背後から唇を合わせる。

「…ぁ」

身体をひねる無理な体勢を取らされながらも、カイは薄桃色の舌を出し、エルヴァンと熱心に舌を絡めてくる。

胸許を探る手をそっとすべらせると、腰布の下にはすでに反応を始めたものがやんわりと息づいていた。

「…は…」

エルヴァンに直接に握りしめられ、カイは甘えるような吐息を洩らす。

「のぼせたらどうします？」

背後から抱き込まれ、エルヴァンの愛撫に身をよじりながら、カイは肩越しに尋ねた。

「私が責任を持って、そなたの身体を確かめさせてもらおう」

さっきのカイの抗議を戯れに返すと、青年は甘えたような鼻声と共に、エルヴァンを軽く睨んだ。

エルヴァンの心を捕らえて放さない、美しい青い瞳がごく近い距離でエルヴァンの目を覗き込んでいる。

初めて見た時から、綺麗だと思った瞳だ。

「どうして笑うんです？」

上げたベールの下に初めて露わになったカイの美貌を見た時、一瞬、言葉もなかったことを思い出してエルヴァンが笑うと、カイはエルヴァンの悪戯に息を弾ませながら尋ねてくる。

「いや、初めてベールを上げたそなたの顔を見た時、なるほど、宝石と呼ばれる姫君はこんなにも美しいのかと驚いたことを思い出して…」

「本当に？」

カイの指がそっとエルヴァンの腰布の中へと忍び入ってくる。

「ああ、本当だ」

ほっそりした指にそっと握りしめられる心地よさに満足な息をつきながら、エルヴァンはささやく。

「あまりにもあの時、エルヴァン様が興味なさそうな顔をしていらっしゃったので、てっきり私には関心がないのだとばかり…」

カイの声は、またエルヴァンの口づけに塞がれる。

「いいや、ちゃんと美しい姫君だと思っていたよ」

少年だとは思わなかったが…、と笑うエルヴァンに青年は微笑みながら、ゆっくりと姿勢を入れ替え、向かいあうようにその膝に跨がってきた。

「私がこの街を好きなのは…」

夜、薄暗い寝台の中、まだほんのりと上気した肌をエルヴァンと重ね合わせ、カイは低くささやいた。

「きっと、エルヴァン様がいらっしゃるからだと思います」

カイがもたらしてくれた快感に充足し、褥の上に気怠《けだる》くその身を横たえたエルヴァンは、汗に湿ったカイの長い髪をかき上げる。

「私が？」

ええ、とカイは頷いた。

「エルヴァン様が話してくださった砂漠をすぐ側に感じ、共にそれを見ることができるからでしょうね」

エルヴァンは水煙草に酩酊しながら、砂漠に行ってみたいと呟いた、カイの溶けいるような声を思い出した。

あの今にも消えいりそうな呟きに、その望みを叶えてやりたいと思ったことは、なぜか今まで思い出さなかった。

エルヴァンはカイの髪に指を絡め、そのなめらかな頬を辿りながら笑う。

「まだまだここよりもっと南、あるいはもっと西方へとやられるかもしれぬ。それこそ、砂と石ばかりの街かもしれないぞ」

「それでもかまいませぬ」

カイはエルヴァンの顎先と頬に口づけながら、ささやいた。

「私はいつも、エルヴァン様のお側におりますから…」

エルヴァンは薄く微笑み、カイと唇を合わせる。

この言葉が、きっと自分を支えている。長らくあの囲いの中に囚われ、無力感に苛まれていた自分を強くする。

西へ向かおうが、さらに南へやられようが、今の自分には必ず叶えるとカイに約束した目標がある。

いつの日か、自分は必ずこの青年と共に、カフカスの地を踏むのだと…。

ゆっくりと肩口に頭を預けてくる青年の頭の重みを心地よく感じながら、エルヴァンはやがて眠りに落ちていった。

END

POSTSCRIPT

YUMIKO KAWAI

こんにちは、かわいです。一応、ワタクシ的アラブ……というか、後宮《ハーレム》舞台の話ですが一般的なアラブものとは違ってしまってるかもです。

今回、イラストが葛西先生だと決まった時に葛西先生の描かれる繊細、かつ煌《きら》びやかな絵で千夜一夜物語の世界を見てみたいなと思ったことが話の発端でした。

しかし、中東と近東の区別もイマイチつかずに中近東枠で括ってしまう脳味噌にイスラム建築萌えが加わり、さらに民族衣装を見ていた時にグルジア（今はジョージアっていうんですね）のチョハに惹かれーので、コーカサス地方（実際に一時オスマン帝国領だった）も交えたかなりカオスな話になっております。サッファビーア帝国の名前はイランのサッファビー朝、イシュハラーンは実際に「世界の半分」と呼ばれたサッファビー朝の首都エスファハーンからもらってきてますが、頭の中で展開していたイシュハラーンの都はイスタンブールのトプカプ宮殿やスルタン・アフメト・モスク

URL http://http://www.eonet.ne.jp/~blueblue-heaven/
Blue on the Heaven:かわい有美子公式サイト

で、帝国そのものはオスマン帝国がモデルという、シノワズリにジパング風味が混ざってるようななんちゃって千夜一夜物語になってしまいました。

しかもオスマン帝国の王様って後宮があってウハウハなのかと思っていたら、実際に「金の鳥籠」って呼ばれていた幽閉所に王子をずっと閉じこめていたとかって、事実は小説より奇なりを地で行く怖い国だったり。それではまっとうな王様は育たないと思います。

そういえば、千夜一夜物語ってアラブのお話だとばっかり思っていたら、もともとはインドの説話が中心になっているそうで。確かにあの濃厚ファンタジー展開はインド風味といわれればそうかもと納得しました。

ちなみに冒頭でシルカシア城攻略の際に流れていた軍楽曲《メフテル》は「若きオスマン」っていう曲をイメージしてます。実際に戦闘時には士気高揚のために軍楽隊が演奏してたらしいですが、これがヨーロッパでは恐怖の対象だったというのもわかる独特の旋律ですね。

今回、葛西先生には自分の考えていた以上の美しい世界を描き上げていただいて、本当にありがとうございました。前に一度お仕事をさせていただいた際にとても楽しくて、ぜひ、もう一度組ませて頂きたいと思ってましたが、色々ご迷惑をおかけしてしまいました。でも、この本もやはり想像していたよりもはるかに綺麗で繊細なイラストがきて、最初言葉もなく見入ってしまいました。本当に嬉しかったです。またいつか、一緒にお仕事させていただける機会を首を長くして待っております。

そして、今回も担当さんやご関係の方々に私事で多大なご迷惑をおかけしました。すみません。ありがとうございます。今後ともよろしくお願いします。

最後に、この本を手にとって下さった方に心よりお礼申し上げます。少しでも楽しんでいただけると嬉しいです。

かわい有美子拝

SHY NOVELS

世界の半分

SHY NOVELS334

かわいい有美子 著
YUMIKO KAWAI

ファンレターの宛先
〒101-0065 東京都千代田区西神田3-3-9 大洋ビル3F
(株)大洋図書SHY NOVELS 編集部
「かわい有美子先生」「葛西リカコ先生」係
皆様のお便りをお待ちしております。

初版第一刷2015年12月25日

発行者　山田章博
発行所　株式会社大洋図書
〒101-0065 東京都千代田区西神田3-3-9 大洋ビル
電話 03-3263-2424(代表)
〒101-0065 東京都千代田区西神田3-3-9 大洋ビル3F
電話 03-3556-1352(編集)
イラスト　葛西リカコ
デザイン　Plumage Design Office
カラー印刷　大日本印刷株式会社
本文印刷　株式会社暁印刷
製本　株式会社暁印刷

ISBN978-4-8130-1302-0